Lydie Salvayre est l'auteur de nombreux romans, traduits en une vingtaine de langues, dont *La Puissance des mouches*, *La Compagnie des spectres* (prix Novembre), *La Vie commune*, *La Médaille, Portrait de l'écrivain en animal domestique, BW* et *Hymne*. Elle a reçu le prix Goncourt en 2014, pour *Pas pleurer*.

Lydie Salvayre

PORTRAIT DE L'ÉCRIVAIN EN ANIMAL DOMESTIQUE

ROMAN

Éditions du Seuil

TEXTE INTÉGRAL

ISBN 978-2-7578-1156-6
(ISBN 978-2-02-087353-6, 1re publication)

© Éditions du Seuil, août 2007

Je. Qui ça?
Samuel Beckett, *L'Innommable*

1

J'avais le cou meurtri à cause de la laisse, et l'esprit fatigué de l'entendre me dire C'est noté ? vingt fois par jour C'est noté ? sur le ton qu'il réservait au personnel de service C'est noté ? Car je devais me rendre à l'évidence, j'étais à son service. Tenue de lui obéir, de l'admirer, de pousser des Oh, des Ah et des C'est merveilleux. Et j'avais beau me prétendre écrivain, j'avais beau me flatter de consacrer ma vie à la littérature, j'avais beau me convaincre du caractère romanesque de la besogne que j'avais acceptée, inconsidérément, il n'en demeurait pas moins que j'étais à la botte d'un patron promu par la revue *Challenge* leader le plus influent de la planète, lequel m'avait chargée d'écrire son évangile (c'était le mot dont il avait usé mi-amusé mi-sérieux), d'écrire son évangile contre rétribution, et la somme qu'il m'avait offerte était telle que je n'avais pas eu le cœur de la refuser.

J'avais vécu, jusqu'à ce jour, des droits d'auteur perçus pour des romans qui avaient connu outre-Atlantique un succès inespéré, mais lorsque la proposition me fut faite d'écrire la vie et l'œuvre de Tobold le roi du hamburger, j'étais, pour des raisons qu'il serait trop long d'exposer ici, complètement désargentée. Je mentirais pourtant si je disais que le seul motif qui me poussa à me lancer dans l'aventure fut d'ordre financier. Entraient confusément dans cette décision une curiosité plus affectée que réelle pour le monde des affaires, une forme d'attirance envers ce qui m'était résolument contraire (je veux dire où la littérature ne comptait pour rien) et le désir de rencontrer un homme de renom (moi qui n'avais jamais fréquenté que des obscurs), décision qui m'avait mise en délicatesse avec quelques amis avertis d'un travail qu'ils jugeaient indigne de moi et, pour tout dire, compromettant.

Je ne mesurais pas alors les effets qu'aurait sur ma vie mon engagement à devenir la biographe de Tobold le roi du hamburger, engagement dont certains prédisaient qu'il signerait ma perte (car se commettre avec un patron vendu au Capital ne pouvait, selon eux, que conduire à la perdition), tandis que d'autres, jugeant ma nouvelle situation hautement enviable, prédisaient qu'il ferait ma fortune.

Quant à moi, j'essayais, pour bâillonner les stériles remords qui déjà m'accablaient, j'essayais de me persuader que cette expérience auprès de Tobold le roi du hamburger ne serait qu'une pause sur mon chemin de création, une respiration, un répit fécond, une halte qui stimulerait mon imagination et mes forces et qui ouvrirait à l'inconnu mon esprit et mes sens. Surtout mes sens.

C'est noté?

Bien sûr Monsieur, assurément Monsieur, évidemment Monsieur, répondais-je, empressée, et je m'exécutais aussi instamment que possible.

Depuis que j'étais devenue son écrivain, je notais fébrilement toutes ses paroles et tous ses gestes. Je le quittais aussi peu que son ombre.

J'étais son ombre.

Il m'avait offert de résider dans son hôtel parisien lorsque ses affaires le conduiraient à Paris, et dans sa résidence new-yorkaise lorsque ses affaires le conduiraient à New York, de sorte, avait-il dit, que je sois au plus près de sa vie et dans son intimité la plus étroite, et j'avais accepté avec joie une invitation qui me donnait l'occasion de vivre, pour la première fois de ma vie, et probablement la dernière, dans l'opulence.

Nous étions convenus ensemble que mon travail devait rester secret et qu'il me présenterait aux autres comme son escort-girl. Cela m'avait contrainte, pour que l'on croie au subterfuge, à me coiffer comme Chimène Badi, à me jucher sur des talons hauts de dix centimètres, à me vêtir de robes ultra-moulantes et à jouer (non sans y prendre goût) la fille délurée et enjôleuse, exhibant, sans lésiner, ses divers avantages.

Et le plus extraordinaire, c'est que la chose n'avait paru invraisemblable à personne. Dans ce milieu de la finance que je découvrais depuis peu, rien ne paraissait invraisemblable à personne. Et moi qui allais de stupeur en stupeur, moi qui avais l'impression d'avoir atterri sur une autre planète, je devais, pour me conformer à mon rôle, jouer à celle que rien n'étonne, feindre le détachement le plus grand face au luxe étalé, prendre un air blasé, et même franchement désabusé, devant la magnificence de la demeure où je l'accompagnai une dizaine de jours après qu'il m'eut engagée, une demeure de soixante pièces sur Park Avenue, beaucoup moins grande que la mienne, me fit-il remarquer, une demeure où il avait été convié par le banquier Moser à venir écouter un concert de piano donné par le jeune prodige avec lequel il (Moser) baisait depuis trois mois.

Nous nous y rendîmes escortés par un garde du corps

aux épaules énormes qui s'appelait Krestovsky. Nous entrâmes sous les lambris dorés et les lustres de théâtre, Tobold en tête, suivi de son chien Dow Jones, et moi fermant le cortège. Petits fours, papotis, papotas, que je fusse la putain de Tobold, pardon, son escort-girl, ne semblait indisposer personne. C'est donc fort détendue que je jouai mon rôle. Je fus sémillante, trémoussante, affriolante et froufroutante à souhait, et conçus, je l'avoue, un grand plaisir à l'être (après les années d'ascétisme militant qu'exigeait, avais-je cru, ma dévotion exclusive à la littérature). Et lorsque De Niro, tout séduit par mon charme frenchy, passa une main caressante sur ma joue, je crus que j'allais défaillir de bonheur.

J'ai bien dit De Niro. Car tout le gratin new-yorkais était là, Patti Smith était là, déguisée en pauvre, George Clooney était là, habillé en riche, Liz Taylor était là, dans un fauteuil motorisé dont elle maîtrisait si mal les manettes qu'elle faillit, lors d'une marche arrière intempestive, renverser Bill Clinton, lequel s'appuya sur Hilary, qui elle-même vacilla mais, en femme forte, ne chuta point, mais se trouva catapultée sur le pauvre Tom Cruise qui se fit écraser le pied et s'écria Bullshit!, Brad était là, sans Angelina, Leonardo Di Caprio était là, tout bouffi, et la présence de ces stars à qui les magazines faisaient un nom immense venait fortifier en moi cette impression de surnaturel que j'éprouvais depuis les premiers instants de cette histoire, mon sentiment de vivre dans un film, de me mouvoir hors de toute réalité, bref, d'être non seulement le nègre de Tobold le roi du hamburger, mais le nègre de moi-même étrangère à moi-même.

Moser demanda le silence. On s'installa. On prit des airs. On se prépara au sublime.

Le pianiste, fort pâle, ébouriffa ses bruns cheveux,

se pencha sur le clavier et se mit à pianoter avec une telle vigueur que je craignis que son cou, à tout instant, ne rompît.

Tobold, que ce genre de plaisir, visiblement, ennuyait, ne quitta plus des yeux sa grosse montre en or (60 000 $), jusqu'au moment où le pianiste en proie à une exaltation quasi épileptique, tout en sursauts, en spasmes échevelés et en convulsions artistiques, exécuta *con furia* le Prélude n° 14 opus 26, lequel fit aboyer longuement Dow Jones, bien plus en phase avec la musique que ne l'était son maître.

On fit chut. On s'énerva. On se tourna, mine offusquée, vers l'indélicat animal.

Alors Tobold se leva brusquement et, tout en maugréant, se fraya un passage entre les sièges, entraînant avec lui Dow Jones, lyrique et toujours aboyant, et moi, terrassée de honte. Et quand nous fûmes enfin dans l'ascenseur, Tobold me déclara, sur ce ton froid qu'il gardait (croyais-je) en toute circonstance : Mon chien a plus d'âme que tous ces congelés.

Ça promettait.

2

Je n'en ferai qu'une bouchée, se réjouit-il en se frottant les mains. Mais je ne sus s'il parlait de Cindy (son épouse), de Ronald (son rival), des États-Unis (son pays d'adoption), ou tout bonnement de la planète entière. Et lorsqu'on lui annonça l'arrivée du nonce apostolique, je le vis se concentrer quelques secondes, changer complètement d'expression pour se composer le visage qu'il appelait sa gueule d'entubeur, puis d'une voix soudain pleine de miel, Ayez la bonté de vous asseoir, dit-il au nonce avec une sorte de gourmandise, car il aimait s'exercer, par pur plaisir, aux manières courtoises qu'il avait révisées récemment (selon les confidences de sa secrétaire) lors d'un cours particulier d'*excess-conviviality*.

Le nonce apostolique (regard apostolique: bon, phrasé apostolique: onctueux, coiffure apostolique: frange, tenue apostolique: col cheminée) exposa apostoliquement l'objet de sa requête au roi du hamburger. Le Souverain Pontife, dans son désir de répandre le bien sur terre et dans les airs, avait eu une inspiration divine: diffuser les Évangiles au moyen de haut-parleurs dans les parkings de ses fast-foods. Qu'en pensait-il?

Le roi du hamburger pensait que l'idée était du tonnerre.

Nous devons adorer le Seigneur là où nous sommes, commenta le nonce.

N'importe l'endroit, renchérit Tobold.

Le Vatican doit faire peau neuve et se montrer progressiste, dit le nonce.

Prouver sa jeunesse éternelle et son ouverture au monde d'aujourd'hui, appuya Tobold.

Le nonce, fort satisfait, prit congé. Il ne voulait pour rien au monde manquer le bénédicité.

Tobold le raccompagna, après vous monseigneur, et, sitôt la porte refermée, prononça du ton pénétré d'un prêtre Coupibus couillibus rasibus du culibus. (Je me gardai de réagir à cette incongruité.) Puis il se rassit et commença, un stylo à la main, à étudier le *Financial Times*, mais il fut arraché de sa palpitante lecture par un appel qui lui annonça l'arrivée d'un fournisseur d'informations financières, probablement un emmerdeur, me dit-il, faites entrer.

Et l'informateur, qui ressemblait étrangement à Woody Allen, lui suggéra, à voix basse et confidentielle, d'acheter pou pour rien, une partie du capi capital de *Dundee Burger*, une société très sous sous-évaluée en Bourse, puis de se présenter à ses ses pontes en mettant en avant son géni son génial pedigree, abrégez! lui intima Tobold (je vis dans ses yeux un éclair de férocité s'allumer et s'éteindre, et je sus, dès cet instant, que la violence l'habitait), puis de s'immiscer dans le CA, s'écria l'informateur qui soudain s'emballa, puis de faire le mort et là, schlac!, soit vous exigez une augmentation de la rentabilité par la baisse des coûts qui passe évidemment (sourire entendu) par un dégraissage, les dirigeants vous suivent, les cours montent montent montent et vous sortez avec une méga-plus-value, soit vous

Alors je vis Tobold se dresser (il y avait dans son geste

un emportement qui justifiait ce terme) de son fauteuil en or, j'ai bien dit en or, et je crus un moment qu'il allait prendre l'informateur par la cravate et le jeter dehors. Mais non, il ôta lentement le cigare de sa bouche et, du ton le plus glacial, dit à l'informateur Je vous remercie de me vendre un tuyau crevé, puis il ouvrit la porte de son bureau, bye bye! Après quoi il téléphona à Cindy qu'il réprimanda durement car Cindy avait la tâche délicate d'organiser ses rendez-vous avec des personnalités triées sur le volet (une autre de ses fonctions consistait à annoncer par téléphone aux multiples quémandeurs que the boss était en conférence à Hanoï, à Buenos Aires, à Singapour, à Honolulu, à New Delhi, ou pour varier à Mornefontaine, pouvez-vous rappeler dans un mois, please?) puis il me demanda, tandis que son regard s'attardait sur mon buste, C'est noté?

Cette question qu'il me posait régulièrement dissimulait en vérité un ordre impérieux que je n'exécutais qu'à contrecœur. Depuis le début de cette histoire, je n'exécutais ses ordres qu'à contrecœur car je les ressentais comme autant d'humiliations et autant de brimades, bien qu'ils n'en eussent nullement l'apparence et qu'ils fussent recouverts par un Sentez-vous libre qu'il me jetait de temps à autre avec une condescendance aimable.

Mais au lieu de me rebiffer comme je l'eusse dû, au lieu de signifier au roi du hamburger mon refus d'obtempérer aux ordres de quiconque, car j'étais une artiste et une artiste n'avait à recevoir d'ordre de personne, une artiste ne pouvait vivre son art à genoux, une artiste exigeait pour condition première sa totale liberté, au lieu, disais-je, de me rebeller et de redresser ma dignité en redressant la tête, je dodelinais du col puis m'inclinais lâchement en feignant un stupide acquiescement et

17

même un stupide enthousiasme, que je me reprochais sitôt les avais-je exprimés.

Dès le premier jour de notre collaboration, je devrais même dire dès la toute première minute, je sus que je ne serais jamais à ma place auprès de Tobold le roi du hamburger, je sus que tout ce à quoi je consentirais dans ce travail irait à l'opposé de moi-même, que tous les discours financiers dont il m'abreuverait me feraient profondément horreur. Mais bien que le sachant, je ne pouvais opposer à Tobold le moindre refus ni esquisser devant lui le plus petit mouvement de fuite, comme si quelque chose en moi s'était, à son contact, soudainement paralysé.

Soit dit à ma honte, je m'écrasais, pour le dire avec des mots simples.

Je m'écrasais comme le font ceux qui dépendent d'un autre pour vivre, et qui craignent, s'ils regimbent, de perdre leurs bénéfices.

Fussent-ils minuscules.

3

Depuis le début, disais-je. Car voici comment les choses se nouèrent entre Tobold le roi du hamburger et moi.

Le 20 septembre 2005, je me rendis, très excitée, au siège français de sa société, qui était installé rue de Bièvre, à Paris, et fus aussitôt conduite dans un bureau qui avait les dimensions d'une salle de bal.Tobold me dévisagea d'un regard froid comme la pierre et parut s'intéresser davantage à mon tour de poitrine (quoique modeste) qu'à la longue bibliographie que je bafouillais devant lui mais dont il n'avait visiblement que faire.

Je perdis contenance et triturai machinalement ma veste.

Sans bouger de son fauteuil (car le roi du hamburger ne prenait la peine de lever son derrière patronal que pour des personnalités d'exception), il m'indiqua un siège de la main et porta ostensiblement sur mes jambes son regard froid comme la pierre.

Je me sentis rougir jusqu'à la racine des cheveux, et l'idée de m'enfuir me traversa l'esprit.

Détendez-vous, me dit-il avec une douceur désobligeante et comme s'il avait deviné mon trouble. Votre job, mademoiselle, sera simple. Il consistera à relater tout bêtement (ce tout bêtement me fit bouillir mais, stoïquement, je me tus), à relater tout bêtement les faits, les gestes et les paroles de l'homme le plus puissant de la planète (dit-il en se désignant d'un geste compliqué qui effleura sa bouche, sa poitrine et l'endroit de son sexe), le champion hors classe de la mondialisation, le P.-D.G. de la firme *King Size* (il fit un geste circulaire qui probablement désignait le cosmos), laquelle, entrée en Bourse en 1978, a dégagé en vingt ans une plus-value de 10 milliards de dollars.

C'est merveilleux, dis-je. Et aussitôt je me détestai.

Celui, poursuivit-il, qui a mis sur le carreau plus de vingt sociétés concurrentes, qui vient de prendre 30% du capital de *Sedin*, qui est en passe de contrôler *Pondoni* en soutenant *Tinane*

Formidable, dis-je en prenant l'expression assortie.

et qui va mettre K.-O. ce traître de Ronald. Vous ne savez pas qui est Ronald? Ronald est un médiocre qui essaie de me doubler. Il va le regretter. Car je vais lui faire manger la poussière comme j'ai fait manger la poussière à tous les faux prophètes du Marché Mondial, vu que je suis à ce jour, notez-le, le seul prophète véritable (il dit ceci sans une ombre d'ironie) et que je me prépare à devenir le président du Gouvernement Mondial (il dit ceci sans le moindre sourire), et comme je m'apprêtais à consigner cette phrase bien qu'elle me parût bizarre, pour ne pas dire totalement délirante, Non! me dit-il, ne l'écrivez pas! pas ça! ce ne sont pas des choses qui s'écrivent, ce sont des choses qui se préparent occultement et pendant des années.

À cet instant précis, on annonça l'arrivée du célèbre écrivain Mark Leyner à qui Tobold avait accordé un rendez-vous dans l'intention avouée de se distraire.

Et je vis Tobold passer d'une gravité toute patronale à une joyeuse bonhomie, Encore un qui vient pour me taper, me dit-il avec un sourire amusé, on va voir comment il s'en tire.

Mark Leyner, dont le visage était secoué de tics que l'émotion de la rencontre, probablement, aggravait, fut introduit dans le vaste bureau, comment allez-vous?, épatamment, et vous?, comme un écrivain, très mal, merci, et, rajustant ses lunettes d'un geste nerveux, développa sa protase: il était à la recherche d'un financement dans le but de créer une société secrète qui aurait pour fonction de secouer l'abrutissement des masses en créant des événements poétiques dont la force négative frapperait violemment les imaginations et engendrerait des états d'hystérie collective jamais observés, lesquels déconstruiraient systématiquement la logique libérale.

Est-ce du lard ou du cochon? semblait se demander Tobold le roi du hamburger. Sans doute pensait-il que Mark Leyner se foutait de sa gueule et qu'il lui racontait des absurdités à seule fin de l'amener à dévoiler ses propres convictions.

Tobold prodigua les compliments d'usage, très amusant, très original, très artistique, très tendance, puis déroula par prudence (il y était rodé) des propos insipides émaillés des mots défi, volonté, conquête, conjecture, optimisation (deux fois), challenge, indice, axe fort, analyse convergente, croissance rapide (deux fois), connexion, organigramme, panel, quota, score, repositionnement, objectif et liberté entrepeu entepreu entrepreneuriale (les mots mêmes du poème, me dis-je avec désespoir), et se garda bien de répondre à la requête de l'écrivain.

Le soir même, Mark Leyner écrivit sur son blog: J'ai rencontré le plus grand businessman du monde, et le plus crétin.

4

Notez-le, ce sont tous des hypocrites, tous sans exception, et surtout ce Ronald, un jaloux de la pire espèce, qui consume sa vie à envier ma puissance. Car si être puissant, mon petit (il m'appelait mon petit et cela, étrangement, m'était doux), si être puissant c'est pouvoir tout, Tout? demandai-je, Tout, me confirma-t-il, Si être puissant c'est appeler à être ce qui n'est pas, comme dit l'autre, Quel autre? demandai-je, L'Incarné, me répondit-il, Qui? demandai-je, Le petit Jésus, me dit-il, je suis, écrivez-le, surpuissant. Or toute surpuissance engendre jalousies, me dit-il, car il avait une singulière propension à s'exprimer par des aphorismes qu'il empruntait aux Évangiles en retournant leur sens. Après quoi il se mit, comme il le ferait quasiment tous les jours par la suite, il se mit à me donner les preuves tangibles de sa puissance immense que tous jalousaient en dressant l'interminable inventaire de ses possessions, extorsions, confiscations, participations, négociations sanglantes, opérations juteuses et fastueuses, très fastueuses fructifications.

Je viens de conclure le rachat de *Big Burger*, notez-le. Un nouveau fast-food *King Size* s'ouvre toutes les deux heures sur la Terre, toutes les deux heures! No limit! Notez-le.

C'est top, dis-je. Et je fis des yeux émerveillés.

Je coupe à tour de bras des rubans inauguraux, plus d'une dizaine par mois. Combien, à votre avis, compte-t-on de pays où nous sommes implantés ? Plus de cent vingt ! triompha-t-il.

Oh là là, m'entendis-je dire. Et ma complaisance me fit horreur.

Notre marque est citée sur toute la planète et jusque chez les Baloubas. Épatant, non ?

Épatant, me pâmai-je.

Et savez-vous par combien notre chiffre d'affaires a été multiplié en dix ans ? Par dix points onze, dit-il, notez, notez. Ce qui me permet d'apporter ma petite contribution au parti démocrate où j'ai quelques amis.

Je continuai d'exprimer, par mimiques et onomatopées, un enthousiasme qu'intérieurement je blâmais mais auquel je me sentais, d'une certaine façon, contrainte.

J'ai désormais le monopole total de la patate aux USA, et le must, dit-il en se frottant les mains, c'est que je vais participer au capital de *BRC*, le bouquet de chaînes satellites de Rupert Baldwin, car je veux qu'aucun secteur clé ne m'échappe, je veux que *King Size* vende de tout, des frites et de l'esprit, je veux que l'esprit souffle et que la frite gave.

Mais je n'eus pas à faire la démonstration de ma joie car, sur ces entrefaites, entra Pierre Barjonas, le seul, avec Cindy et moi, à jouir du privilège insigne de pénétrer dans le bureau de Tobold sans se faire annoncer.

Tu connais mademoiselle ? demanda-t-il à Barjonas en me désignant du menton. Elle va écrire mon évangile, et il fit le geste de tracer une croix dans ma direction. Mais secret défense ! dit-il en posant un index mysté-rieux sur ses lèvres : pour tout le monde, elle est ma.

Il en resta à cette aposiopèse. Mais le mot imprononcé devait résonner longtemps dans chacun de mes nerfs, les mots imprononcés sont souvent plus violents que les mots qu'on prononce, et ils se clouent en nous définitivement.

Puis se tournant vers moi, Mon associé et néanmoins ami Pierre Barjonas, me dit-il. Vous aurez maintes occasions de le croiser.

Où en es-tu avec *Pasta*? s'enquit Pierre Barjonas, qui ne condescendit même pàs à me regarder.

J'ai fait un raid sur le conglomérat, dit Tobold simplement. Et depuis hier, je négocie avec la famille Rossi.

Les Rossi qui ont fait fortune dans la contrebande d'alcool? demanda Barjonas.

Ceux-là mêmes, dit Tobold.

Et les transactions en Asie? questionna Pierre.

J'envisage, prêcha Tobold, d'évangéliser la Chine où les coûts salariaux sont des plus sympathiques. La Chine s'était, jusqu'à présent, tenue dans les ténèbres. Je vais y répandre la frite et le burger de sorte qu'elle trouve sa rédemption et son accomplissement, dit-il dans cette langue religieuse qu'il s'était mis en tête de parler depuis qu'il s'était déclaré le Prophète du Libre Marché. Puis se tournant vers moi, C'est noté?

Toute déprimée que je fusse, je notais, je notais, appliquée, scrupuleuse, je ne faisais que noter. Toute déprimée, disais-je, car en dépit de quelques plaisirs furtifs (parmi lesquels ma rencontre avec Robert De Niro et l'immédiate sympathie que m'avait inspirée Cindy, l'épouse de Tobold), je souffrais de me débattre dans le piège où je m'étais, par légèreté, fourvoyée, je souffrais du discrédit où me tenait Tobold et que je ressentais à mille détails minuscules, je souffrais d'être sans cesse confrontée à des idées qui bafouaient, qui injuriaient, devrais-je dire, ma croyance profonde en la sollicitude humaine, je souffrais de devoir décrire des situations et des actes qui heurtaient violemment mon sens de la beauté, ma nature artistique, me répétais-je avec désespoir, ma nature artistique n'est pas faite pour servir de, de quoi au juste ? de nègre ? d'apôtre ? d'hagiographe ? de thuriféraire ? de commise aux écritures de la Libre Entreprise ? de servante d'une cause dont je récusais les principes, ma nature artistique va se dévoyer dans cette affreuse corvée, me désespérais-je, ma nature artistique va s'avilir, et tout mon être avec.

J'étais d'autant plus déprimée que, ne pouvant m'ouvrir auprès de quiconque de mes tourments, je les remâchais continuellement. À quoi eût-il servi, me disais-je, de confier mes peines à mes anciens amis qui avaient réprouvé, dès le commencement, ma collaboration avec Tobold, suppôt du capitalisme, en affirmant qu'en faisant son scribe je faisais son jeu, et qu'en lui prêtant ma plume je lui prêtais ni plus ni moins mon âme ?

Je me serais heurtée à leur incompréhension.

Ou pis, à leur mépris.

Et, question mépris, j'avais ma dose.

5

Je vais le réduire à néant, me répondit Tobold, froidement, lorsque je le questionnai sur son rival Ronald, dont le nom revenait sans cesse dans sa bouche. Froidement, dis-je, car Tobold avait la froideur des violents, une froideur qui n'était rien d'autre qu'une violence au repos (j'eus, plus tard, l'occasion de le vérifier), une violence froide qui me démontait bien davantage qu'une gifle, par exemple.

La situation était la suivante: Ronald voulait abattre Tobold qui voulait abattre Ronald. Ronald était directeur général du groupe, mais il convoitait pour des raisons très basses et quelques-unes fort sinistres le fauteuil de président-directeur général présentement occupé par Tobold.

J'arrivais en pleine guerre.

Ronald était Judas.

Et Tobold affûtait ses armes. Verbales, pour le moment.

Ronald est une ordure, me dit-il ce jour-là, et je vais le détruire en tout petits morceaux. Son entraînement commençait dès le matin.

Une heure après, poursuivant son échauffement: Ronald est une crapule, un abîme d'infamie, une immondice, à jeter dans le lieu qui lui est propre: le caniveau. Vous ne l'écrivez pas?

Deux heures après, s'adonnant à quelques exercices d'assouplissement: Ronald est un retors, un pleutre, un traître, et lorsqu'il vous caresse, c'est parce qu'il n'ose mordre. Ronald est laid à voir et ce qui est laid à voir rend sombre et impuissant. C'est un moche à moustaches comme tous les salauds.

Un peu plus tard, au sommet de sa forme et sans que son visage exprimât autre chose que le calme: Ronald est la petite crotte à son papa, et s'il n'était pas né sur un gros tas de thunes, il serait aujourd'hui manutentionnaire chez *Stop* et ravi de passer dans l'émission d'Arthur. Ronald est un loser (l'injure suprême), un faux-jeton, un combinard, un lâche, un fourbe et un menteur. Ronald parle précieux, mais son âme est vulgaire. Et disant ces horreurs, le visage de Tobold le roi du hamburger demeurait impassible, et sa voix, posée. Moi, à sa différence, notez-le, je joue franc-jeu et je ne parle pas avec un lys dans la bouche.

Il est vrai, écrivis-je dans le carnet de notes qui devait me servir à l'écriture de l'évangile, il est vrai que les minauderies, gracieusetés, subtilités, méandres dilatoires et périphrases entortillées ne sont guère son fort. Le roi du hamburger est un homme carré. Le roi du hamburger ne farde pas de poudre ses offices vénaux. Le roi du hamburger ne travestit pas ses vastes appétits en circonlocutions grandioses. Le roi du hamburger est franc comme l'or. Je raturai cette phrase. Et c'est probablement ce qui le fait passer pour un homme nouveau dans le milieu si policé de la finance. Mais cette qualité se retourne parfois contre lui, et la plupart des crapules distinguées qui l'entourent lèvent, offusquées, des barrages gnoséologiques à l'écoute des vertes vérités qu'il leur jette à la face, tandis que leurs épouses fourrent leurs nez (refaits) dans de jolis mouchoirs, cet homme est d'un vulgaire!

Ce corrompu se vante, la mine austère, de vouloir assainir le Marché et lui imposer des règles draconiennes pour l'empêcher, c'est trop mignon, d'être méchant, ça me fait rire, écrivez-le. En ces termes? m'enquis-je. Bien sûr que non! me dit-il comme s'il s'agissait d'une évidence. Vous l'écrivez en écrivain, vous arrondissez, vous enjolivez, vous y mettez la forme, c'est votre boulot, que je sache. Ronald, dit Tobold, écrivis-je, a élevé la concussion au rang d'éthique nicomaquéenne.

Très de droite et décent, ce pourri se présente en patron pondéré prônant avec pondération la pan-économie, alors que c'est un serial killer, Ronald est un serial killer, répéta Tobold avec un rire silencieux qui me fit tressaillir. Le problème est que cet individu est reçu par Bush, Poutine et Tony Blair avec les honneurs qu'on accorde aux monarques, ce qui ne fait qu'ajouter à sa morgue. Et comme il sait, à l'occasion, citer Levinas, on le prend pour un grand esprit. Mais sur moi ça ne prend pas, affirma vigoureusement Tobold. Sur quoi il décapsula une canette de bière.

Mais Tobold n'est en rien dupe, écrivis-je, même si un monde sépare Tobold, le parvenu, l'autodidacte, le délinquant reconverti, le mégalo omniprésent qui s'est auto-promu le Maître du Marché, même si un monde le sépare de ces élégants financiers, les Thibaut, les Régnaut, les Gavaut, qui tous ont un grand nom, de grands héritages, et de grandes relations, mais s'égarent souvent dans des finasseries de casuistes diplômés (dixit Tobold qui s'essayait parfois à un vocabulaire recherché pour dérouter ses adversaires), finasseries qui ne font qu'entretenir le doute, les égarements philosophiques, les ruminations sceptiques, la folie questionnante et le désabusement dégoûté: toutes choses que Tobold, souverainement, ignore. Car le doute est étranger à Tobold, écrivis-je.

Car Tobold a une foi aveugle en le Libre Marché et en sa force impérissable, ajoutai-je. Et cette foi aveugle l'autorise à toutes les hardiesses, notamment (pensai-je) à celle de piétiner autrui.

Pendant ma rédaction, Tobold, qui avait descendu, en un rien de temps, trois canettes de bière, s'était endormi brusquement dans son fauteuil royal, et ronflait avec sérieux et légitimité.

Je pus observer alors que le sommeil lui découvrait un autre visage, un visage qui paraissait moins dur ainsi privé de son regard de pierre, un visage plus vulnérable et qui rendait à sa bouche une mollesse que lui refusait, le reste du temps, sa perpétuelle veillée en armes.

Il fut réveillé en sursaut par un appel téléphonique qui le prévint de l'arrivée de Jack Eglinton, un journaliste de *The Economist* venu l'interviewer au sujet de l'OPA qu'il avait lancée la veille sur un journal de gauche italien qui, depuis plusieurs mois, battait de l'aile. En vérité, Tobold comptait insinuer subtilement, lors de cet entretien, quelques perfides accusations contre l'Infâme.

Je prépare le terrain, me dit-il. Je glisse, l'air de rien, que Ron Ronald (il se prénommait Ron !) est grillé, que sa gestion est désastreuse, que son rachat de *Pizza Hot* est une énorme connerie, qu'il s'est lancé tête baissée dans de ruineuses transactions. Et ça marche ! Les journalistes s'en régalent et ses meilleurs amis l'évitent ostensiblement, c'est un signe qui ne trompe pas, lors de la fête chez les Hase, aucun n'a voulu s'asseoir à sa table, Ronald s'est retrouvé seul avec sa femme jetant autour de lui des regards qui imploraient. Pathétique.

Mais pour en revenir aux journalistes, mon petit, vous voulez savoir pourquoi je les soigne, pourquoi je les embobeline, pourquoi je les encoucougne, le mot

me fit rire, il en rajouta, Pourquoi je les empapouille?
Vous les empapouillez? Je riais. Pourquoi je les empapouille et les emberlificote? Il me faisait un peu moins
peur. Parce que, voyez-vous, mon petit, les journalistes travaillent pour nous sans le savoir, c'est ça qui
est wonderful, ils veillent sans le savoir à la défense de
nos biens, c'est une belle et grande chose. Comment
mon petit? En dénonçant comme ils le font la vénalité
de quelques-uns, ils laissent accroire ainsi que tous
les autres sont nickel, vous saisissez? En accusant un
mauvais libéralisme, ils laissent accroire qu'il en existe
un bon, vous saisissez? vous saisissez pourquoi il nous
faut les bichonner et leur donner du grain à moudre, un
petit scandale de temps à autre, un petit délit d'initié,
une petite manipulation des cours, une petite émission
de faux, une affaire Ron Ronald, ou n'importe quelle
autre, bien noire et crapuleuse, du moment que ça les
fait jaser? Joséphine ne faites pas attendre mon cher
ami Jack, introduisez-le, please.

Mon cher Jack, quelle joie, dit-il en ouvrant grands
les bras au journaliste tout chose. Quel bon vent vous
amène?

6

Un mois avant la réunion du CA, Ronald avait envoyé à dix des administrateurs une lettre venimeuse tout autant qu'élégante qui disait, en substance, ceci: Je m'aperçois que j'ai été le paravent d'un homme (Tobold) qui a entrepris de s'enrichir au-delà de toute raison et qu'il faut absolument empêcher de nuire. S'ensuivait une argumentation sinueuse sur les dangers d'un pouvoir sans partage, pour ne pas dire absolutiste, et d'une politique économique hasardeuse, pour ne pas dire insensée, qui ne pouvait conduire, à plus ou moins long terme, qu'au naufrage.

Mais Tobold le roi du hamburger avait été averti de la lettre perfide par Alain Dongue, le dircom, qui n'avait pu s'empêcher, me dit-il, de moucharder (ce mot lui venait de son enfance).

Dongue: Ronald veut vous détrôner. Tobold: Ha ha. Dongue: Et prendre la présidence. Tobold: Ha ha. Dongue: Et vous jeter par terre. Tobold: Ha ha. Dongue: Comme une serpillière. Tobold: Ha ha. Dongue: Comme une merde. Tobold: Nom de Dieu!

Tobold, sur le moment, en resta à cette modeste interjection et maîtrisa ses nerfs. Mais il ne fit, dès lors, que mûrir sa vengeance. Et le soir, en présence de Pierre et de Cindy qu'il avait convoqués en urgence dans son salon grandiose, je vis l'homme le plus puissant sur terre, l'homme dont le flegme légendaire glaçait ses interlocuteurs, l'homme au regard froid comme la pierre et à l'implacable sévérité, l'homme impavide et strict dans son maintien autant que dans sa langue, je vis Tobold entrer dans une fureur effroyable, lancer une chaise Modern Style sur le tableau de Jean-Michel Basquiat qui décorait la pièce, repousser violemment du pied les caresses baveuses de son chien Dow Jones et hurler qu'il allait abattre ce Ronald de merde, le broyer, le déchiqueter, le réduire en bouillie, qu'il allait lui faire bouffer son arrogance, à ce vendu, jusqu'à ce qu'il en crève.

Puis pivotant vers moi, il me somma d'arrêter immé-dia-te-ment de prendre des notes. J'ai engagé une tourte, expliqua-t-il aux deux autres (il usait volontiers de métaphores alimentaires), j'ai engagé une tourte qui est totalement infoutue de faire le distinguo entre ce qui doit s'écrire et ce qui doit se taire. Et elle se prétend écrivain !

Cindy et Pierre demeurèrent muets. Ils semblaient habitués aux colères du Maître et attendaient, dos rond, qu'après l'orage survienne l'accalmie. Mais Cindy m'enveloppa d'un regard de compassion qui me rappela soudain celui de ma mère lorsque mon père nous terrifiait.

Je fus envahie d'une brusque envie de pleurer.

Et dans la nuit, je fis des rêves atroces.

La colère de Tobold me renvoyait à une enfance que je croyais avoir définitivement quittée. Des images resurgirent. Des souvenirs. Je revoyais mon père, retour du chantier, hurler contre le chef Ponteau qui l'avait humilié, tandis que ma mère, paralysée de crainte, nous enjoignait à ma sœur et à moi de ne plus respirer.

Et l'idée se renforçait dans mon esprit que j'avais fait

une folie en m'enchaînant à un homme qui m'inspirait la même frayeur que mon père défunt, un homme qui me traitait en animal domestique, un homme qui offensait constamment mon amour-propre, qui froissait ma nature d'artiste, qui raillait tous mes noms sacrés, un homme qui ne respectait rien ni personne au sens profond de respecter, hormis son chien Dow Jones, un homme complètement fermé aux choses de l'esprit et qui foulait aux pieds les valeurs sans lesquelles il me semblait inconcevable de vivre, un homme dont les gestes, les manières, la mentalité, dont la voix coupante, le physique même, le cou de bœuf, le nez vulgaire, dont tout l'être, dont toute l'existence me répugnaient affreusement.

Je dois cependant avouer que l'inépuisable énergie qu'il mettait en toute chose, sa pugnacité, son tranchant, son intransigeance glacée, son désir sauvage de toujours dominer, son talent à humilier les autres, et plus particulièrement son épouse Cindy, sa froideur terrifiante et, dès qu'il le voulait, son enjôleuse séduction, sa propension à traiter tous les hommes en ennemis, son aptitude à endormir les plus suspicieux des traders et à changer de visage et de voix en fonction de ses victimes, je veux dire de ses concurrents, que cette vitalité débordante et cette fougue juvénile et cette vigueur guerrière qui le propulsaient dans une inlassable course en avant (car la passion de l'argent, je le compris alors, est la plus puissante des dopes) me fascinaient, comme elles fascinaient, je crois, tous ceux qui l'approchaient, me fascinaient, non par leur charme, je le répète, car elles n'en avaient aucun à mes yeux, mais pour des raisons que je m'explique mal aujourd'hui, où entraient probablement mon attirance pour les gouffres, une part irraisonnée de crainte, la séduction qu'exerce la nouveauté d'une conduite avant qu'on en ait pressenti le danger, et ce mouvement irrésistible d'entraînement que suscitent les forts en qui sommeille la Brute Primordiale, je ne plaisante pas.

Dans une fascination mélangée d'inquiétude, Tobold le roi du hamburger m'attirait dans son orbe sans que je susse, pour le moment, y résister.

Comme tant d'autres, je me laissais emporter par ce qu'il faudrait bien, un jour, appeler sa folie. Mais il était trop tôt pour que je m'en avisasse.

Et quoique l'attraction qu'il exerçait sur moi me parût, dans le fond, peu glorieuse, j'y cédais, j'y cédais, à mon corps défendant j'y cédais.

Je me dresserai, le moment venu, contre ses principes, me disais-je dans l'espoir de faire taire mes scrupules. Une fois l'argent empoché et la nécessité vaincue.

En attendant, je cherchais mille excuses à ma faiblesse et m'évertuais à vanter, à mes propres yeux, les suaves, les merveilleux, les délicieux, les innombrables, les inégalables, les incomparables bienfaits de la résignation.

Il importait seulement, me disais-je, puisque je m'étais jetée toute seule dans la gueule du loup (en écrivant cette phrase, je m'imagine, évanouie, ma tête violacée prise en tenaille entre ses mandibules), d'endurer le choc initial, il n'y a que le premier pas qui coûte, me disais-je, et la première lâcheté. Il importait seulement de filer doux, de pratiquer l'esquive, de ne pas déplaire au grand homme, surtout pas, de ne pas le mécontenter, surtout pas, de ne pas agacer un seul de ses nerfs en commettant, par exemple, la folle imprudence de parler. J'y veillerais. C'était à ma portée. C'était même ce que je savais le mieux faire. Me taire. Toute ma vie je n'avais su que me taire et toute ma vie j'en avais grandement pâti. Mais plus le temps passait, et plus je m'accommodais de cette tare dont il m'arrivait de penser qu'elle était au principe de mon désir d'écrire et, souvent, la meilleure parade face aux méchants.

Il importait aussi, me disais-je, que je fermasse les yeux, si nécessaire. Je m'y astreindrais. Et que je gardasse mon sang-froid. Ce serait plus difficile. Mon sang, en ce moment, avait une fâcheuse tendance à bouillir.

Il importait enfin que je résistasse à l'envie, qui ne me quittait pas, de fuir en vitesse pour revenir à mon existence d'avant Tobold, laquelle me paraissait, vue d'ici, paradisiaque.

Une photographie de cette époque, prise au cours de je ne sais quelle soirée people (chez Britney Spears?), me montre aux côtés d'un Tobold en bras de chemise et tout suant, et je lis sur mes traits une expression à la fois docile et enchantée, pareille à celle des épouses de nabab qu'on voit dans les journaux et dont on dit généralement qu'elles vivent, les pauvrettes, dans une prison dorée.

Cette photographie ne plaide guère en ma faveur. Et des années après, je suis, en la voyant, submergée par la honte. Mais elle dit mieux qu'un long discours l'état d'esprit qui fut le mien en cette saison de ma vie.

7

Tobold, le lendemain, se comporta à mon endroit avec son flegme habituel et comme s'il avait tout oublié des événements de la veille, moi pas. Mais je compris très vite que son obsession demeurait et qu'il poursuivait avec une obstination maniaque son projet de détruire l'exécrable Ronald. Toutefois, il ne laissa rien transparaître qui pût éveiller les soupçons de l'ennemi et, pour mieux endormir celui-ci, je l'entendis l'appeler alternativement mon bon et mon cher, affable, cordial, camarade, tout en lui assénant de grandes claques dans le dos, lesquelles ne faisaient qu'accroître la méfiance du précité.

Pour supprimer Ronald, Tobold disposait d'une triple stratégie, Écoutez bien, me dit-il, ça pourra vous servir si un jour vous performez (que voulait-il dire?), ce qui m'étonnerait (ne put-il s'empêcher d'ajouter), il disposait d'une triple stratégie, notez bien:

– Premièrement, la guerre médiatique, qui va du banal dénigrement au scandale organisé, le but recherché étant de salir la réputation de Ronald de façon à lui enlever, littéralement, tout crédit. J'ai déjà commencé ce travail auprès des journalistes, mais il faut l'élargir à la jet set, et la connerie générale, encore appelée opinion publique, fera le reste. Lancer par exemple lors d'un dîner en ville où les oreilles sont toutes prêtes à accueillir des infamies et les langues à les répandre, qu'on a surpris Ronald en train d'enfiler dans des toilettes une fillette noire de treize ans, mais quelle affreuse calomnie (minauda-t-il, la main rabattue sur les lèvres), les gens sont d'un méchant (bêtifia-t-il avec les accents ridiculement efféminés par lesquels on se moque des homosexuels).

Ou, continua Tobold, qui prenait un réel plaisir à imaginer des horreurs, ou glisser dans un caquetage mondain, chez les Brautman, des amis charmants, qui sont dans le pétrole, à tu et à toi avec Bill (Clinton), glisser qu'une rumeur se propageait dans New York, vous reprendrez bien de ma galantine de canard, une rumeur selon laquelle, vous n'allez pas le croire, Ronald se faisait talquer le cul (délicieusement scandalisé) par des putes déguisées en nounous (ceci dit avec des manières de folle pour faire amusant).

– Deuxièmement, la guerre judiciaire, notez, notez au lieu de rester le nez en l'air, à me contempler (à le contempler !), la guerre judiciaire, qui consiste à intenter un procès infamant à un concurrent pour des crapuleries que tout le monde pratique, procès qui entraînera la ruine immédiate de l'accusé. J'ai dans mes relations un juge que je peux mettre dans ma poche en mettant dans la sienne un peu de mon pognon, et une escouade d'experts ès chicanes ès spoliations ès coups fourrés, capables d'envoyer un saint patron en taule. Vous en doutez, mon petit ? Vous croyez en la justice ? La justice, sachez-le, est dans les choux, et ses lois peuvent fort aisément se tordre. Vous n'avez qu'à consulter, pour votre édification, les actes du procès de Carlo De Benedetti. Vous y apprendrez que l'unique crime de ce ponte ne fut pas d'avoir exagérément prospéré, mais d'avoir simplement rendu voyantes de banales forfaitures. C'est une leçon à méditer, mon petit, me dit Tobold, qui enchaîna:

– Troisièmement, retirer Ronald du nombre des vivants, ce fut le sort qu'on réserva à Stern, à Safra et à d'autres, et il scruta mon visage pour y deviner ma pensée avec une curiosité si appuyée qu'elle m'amena à feindre une certaine indifférence. Cela vous choque, mon petit? J'étais tellement déconcertée que je ne sus que répondre. Vous vous y ferez, vous vous y ferez, me dit-il. Je vais vous apprendre à vivre, ma chère enfant. (Vivre, était-ce donc apprendre l'effroyable?)

Mais comment le supprimer, me direz-vous? En trafiquant ses bagnoles? En dressant contre lui sa maîtresse jalouse? En le convertissant à l'islam? En lui offrant du polonium 210 en guise d'apéro? Ou du Destop parfumé à la fraise? En lui foutant le fisc aux trousses? En l'amenant à la conscience de lui-même, suicide assuré? En le faisant mourir de rire, comme le peintre Zeuxis devant ses propres tableaux? Vous n'avez pas une petite idée?

J'étais abasourdie. Depuis le début de cette histoire, j'étais, d'ailleurs, dans un abasourdissement constant. C'est pourtant vous l'écrivain, me fit-il. Et il eut un sourire, qui m'insulta.

Mais comme mon cœur est clément, poursuivit Tobold en se caressant l'entrejambe avec un parfait naturel, il m'incline à opter en faveur de la première solution et de loin la plus simple: abattre Ronald par une campagne de calomnie *ad hominem*. Qu'en pense mon toutou? demanda-t-il à Dow Jones qui, en manière de réponse, aboya cordialement. Tu me comprends, toi, au moins, mon chéri.

Et les jours suivants, je vis Tobold le roi du hamburger conférer clandestinement avec chacun des membres du CA. N'en dites rien aux autres, les objurguait-il, persuadé que chacun s'empresserait, sitôt l'entrevue terminée, de disséminer le secret aux quatre vents.

Et il tint à chacun le même discours, à savoir que la rapacité de Ronald était si folle qu'elle avait détruit sa raison et l'avait conduit aux intrigues financières les plus imbéciles. Ronald, leur disait-il, est tellement aveuglé par ses propres intérêts qu'il marche dans le noir sans savoir où il va et entraîne avec lui sa clique de pillards. Je vais lui régler son compte et le faire entrer définitivement dans la nuit, proférait-il d'une voix de théâtre, et si vous m'y aidez, vous serez en récompense grassement rétribués.

Ayant ouï ces arguments, chaque membre avait le cœur saisi d'une évidence et donnait son accord sans réserve.

Retenez bien ceci, mon petit, me dit-il: tous les hommes donnent leur accord sans réserve dès lors qu'à l'avance ils savent qu'ils seront récompensés.

Et bien qu'intérieurement je m'insurgeasse contre une telle affirmation, je me gardai de manifester mon désaccord, vu que j'avais moi-même reçu une énorme récompense pour écrire ce que, désormais, j'appelais l'évangile.

Heureusement, Tobold ne me laissait pas le loisir de m'appesantir sur les ruades et soubresauts de ma conscience ni de me livrer aux misères masochistes de l'introspection, car il courait sans désemparer d'un rendez-vous à l'autre, d'une réunion à l'autre, d'un aéroport à l'autre, en perpétuel mouvement, et moi derrière, comme un toutou; ou bien il s'enfermait dans son bureau monumental pour y concocter ses coups (spéculer c'est jouir, maxime toboldienne), surveiller les flux boursiers, recevoir un chef de projet, un ministre des Finances, ou un représentant de l'OMC, fomenter des rivalités entre managing directors pour les mieux neutraliser, toujours dans l'urgence, toujours requis par quelque affaire, toujours effréné, impatient, ultra-speed, toujours en proie à une sorte d'exaspération anxieuse, toujours d'attaque, ne déposant jamais les armes, ne cherchant jamais le repos, conçu comme une maladie, et moi à prendre des notes hâtives en vue d'écrire le troisième Testament, pas moins ! Jamais, en tout cas, jamais je ne le voyais tranquille et désœuvré, questionnant les présages au travers des fenêtres, ou arrimé aux songes (ainsi qu'il m'arrivait de plus en plus souvent lorsque je me repassais, en égoïste, le film de ma rencontre avec Bob (De Niro), tandis que Tobold, tout occupé des affaires mondiales, s'interrogeait sur la chute du yen et ses conséquences indirectes sur la politique étrangère), jamais je ne le surprenais l'esprit ailleurs, ou vide. Car je crois que le vide l'effarait comme une forme de la mort, le vide que Démocrite avait décrit, pour nous épouvanter, comme la chose absolument impérissable (ainsi procèdent les grands esprits), relayé par Pascal qui l'avait déclaré, de surcroît, mortellement attractif, à l'instar du sexe, où se dissimulait le Malin, mais je m'éloigne du sujet, encore que. Tobold, que le vide effarait, disait : Tout le malheur des gens vient de ce qu'ils ont trop le temps de se pencher sur leurs bobos. Il employait bobos pour misères. Il allait au plus court. Ou au plus outré. Il empruntait rarement la voie moyenne. Il disait encore : Qui se regarde trop s'avilit. Il aimait particulièrement cet axiome. Il le répétait à l'envi. Qui se regarde trop s'avilit, c'est la raison pour laquelle, écrivez-le, je suis contre l'allocation chômage. L'allocation chômage est le fléau du siècle, affirmait-il. L'allocation chômage ne fait qu'entretenir l'oisiveté et le torrent de vices qui en résultent. L'allocation chômage détruit à plus ou moins long terme ceux qu'elle est censée soutenir. Je suis contre ! contre ! et contre ! écrivez-le. Les chômeurs sont la lie de la société, dont ils attendent tout, qu'elle les torche et les lange, c'est répugnant. Moi, disait-il en se rengorgeant, c'est parce que personne ne me vint en aide, pas même ma maman, c'est parce que personne, jamais, ne me fit l'aumône, que je pus devenir le Number One que je suis devenu. D'ailleurs, j'aurais craché sur la pièce si quelqu'un me l'avait jetée.

Tobold s'est fait tout seul, écrivis-je, il est à lui-même sa propre providence, ce qui l'amène à mépriser toutes les actions compassionnelles quelles qu'elles soient et d'où qu'elles viennent.

L'allocation chômage est un encouragement à ne rien foutre typiquement français et d'une sentimentalité dégoûtante, reprit-il avec véhémence, le reliquat d'une philanthropie malsaine qui a pour effet déplorable de bouffer le pain des contribuables et d'exalter indifféremment :

– un : les pulsions libidineuses qu'un repos prolongé attise jusqu'à la démence,

– deux : une introspection morbide pouvant aller jusqu'à la rumination,

– trois : un intérêt exagéré pour le dysfonctionnement des organes mous, les foies ombrageux, les rates perfides, les entrailles rebelles, les migraines métaphysiques, les douleurs péri-anales qui montent au cerveau en traversant le cœur de part en part, et autres semblables répugnances qui excitent la compassion des infirmières en manque sexuel, berk.

Du reste, j'envisage de demander, dans les termes les plus sévères, l'annulation de tous les subsides, allocations, pensions diverses et faveurs incroyables, attribués aux incapables. Non, non, ne le notez pas. Je vois à votre visage que ce projet risque d'être totalement incompris des… idéalistes.

Il prononça ces derniers mots avec la patience légèrement contrariée qu'on manifeste envers des parents pauvres ou des enfants turbulents.

Une fois encore, j'eus l'impression que je ne parvenais pas à susciter chez lui l'estime bienveillante que l'état d'écrivain causait d'ordinaire chez les personnes éclairées.

Et je désespérais.

Pourquoi, pourquoi, pourquoi, me disais-je, avais-je accepté la proposition de Tobold dont j'aurais dû prévoir qu'elle me serait rapidement odieuse ? (Au moment où j'écris ces lignes, je n'ai toujours pas trouvé de réponse qui me satisfasse.)

8

Entre deux rendez-vous, Tobold qui, en ma présence et lorsque nous étions sans témoins, s'abandonnait de plus en plus à ses façons rustiques, probablement parce qu'il avait compris, par une sorte de savoir instinctif, que nous venions du même monde (je reviendrai sur ce détail et me bornerai à dire, pour l'instant, que nous étions l'un et l'autre les rejetons de deux familles pauvres, et que nous l'avions l'un et l'autre instantanément deviné), Tobold, dis-je, éclatait en récriminations diverses contre l'horrible Ronald, cette canaille à qui il allait écraser la cervelle, ce corrompu à qui il allait faire courber l'échine jusqu'à ce qu'il devienne le marchepied de ses pieds, Vous m'entendez, le marchepied de mes pieds, non, ne le notez pas, s'exclamait-il, je n'ai pas envie qu'on me confonde avec Berlusconi, il faut tout vous expliquer, c'est fatigant, à force !

Et cette familiarité avec laquelle, depuis peu, il me traitait, me le faisait, paradoxalement, redouter davantage.

Il m'accorda le droit, le jour où devait se réunir le CA, d'écouter tout ce qui s'y dirait depuis le bureau de Cindy attenant à la salle de conférences.

Tobold arriva escorté de Pierre Barjonas et de son frère

André. Ronald était déjà assis. Tobold s'approcha de lui et se laissa aller à une improvisation libre: il l'embrassa sur la bouche. Ronald eut un mouvement de recul. Mais qu'est-ce qui vous prend? s'écria-t-il, son double menton secoué de tremblements. J'aime mes amis quand ils s'en vont, lui jeta Tobold. Et tous d'étouffer un rire, sauf Ronald qui fut pris, dès cet instant, d'une angoisse indescriptible.

La séance fut ouverte.

Ils étaient douze à siéger. Et treize avec Tobold. La Cène au grand complet.

Leurs noms étaient: Pierre et André Barjonas, Alain Dongue, John Glendening, Jack Sale, Edoardo Mazzelini, Antonio Montclus, Bob Snow, Henry Salière, Gary Higdon, Franz Cohn et Ron Ronald.

Alors Tobold se leva, sacerdotal. Je vous demande, mes amis, de ne pas nous diviser et de ne faire qu'un: une même intelligence, une même volonté et un même point de vue – les miens. Car l'importance de l'important est dans *King Size* et nulle part ailleurs, ajouta Tobold qui n'était jamais en peine d'une maxime.

Tobold, précisai-je dans mon carnet de notes, Tobold affectionne les sentences, devises et paraboles qui conjurent sa crainte de paraître ignorant et satisfont son goût de la chose rapide. Ces formules expéditives qu'il balance en vue de confondre les hérétiques du Libre Marché constituent (croit-il) une preuve infaillible d'autorité et de puissance prophétique, qui laisse (croit-il) l'auditeur étourdi, hébété par la force du jet et prêt à tout gober.

Ce jour-là, donc, Tobold déclara, solennel, aux douze condisciples (qu'il appelait parfois les douze salopards): Soyez joints mes amis, que la finance vous accorde. Toute puissance est faible à moins que d'être unie.

N'ayez qu'un seul leader, car tout ce qui est solide n'en possède qu'un seul.

Et pour le cas où il n'eût pas été compris, il ajouta: Celui qui n'est pas avec moi est contre moi et celui qui ne s'assemble pas avec moi se disperse. On aurait dit un dicton biblique.

Ronald se sentit visé. Il devint nerveux. Ses mains tremblèrent. Il jeta autour de lui le regard effrayé des coupables lorsqu'ils sont sur le point d'être démasqués.

Les treize firent le bilan de la situation financière. Les chiffres de *Pizza Hot* (dont le rachat, rappelons-le, avait été négocié par Ronald) étaient mauvais, et personne n'en comprenait la raison. C'est que les voies du Marché sont impénétrables, déclara Tobold sur ce ton de prédicateur qu'il prenait de plus en plus souvent et dont personne ne savait s'il l'adoptait pour le tourner en dérision ou dans l'intention de nous convaincre du sérieux de la chose. Il est urgent de refiler la boîte à un pigeon avant que de boire la tasse. Car nous devons savoir, ajouta Tobold dans un style biblique qui, là, frisait la parodie, couper de la vigne les sarments stériles afin que les autres, allégés, fructifient.

Et les douze d'applaudir.

Puis Tobold s'autofélicita de l'achat du bouquet satellite, bonne pioche!

Et les douze de réapplaudir.

Je passe sur les conversations qui suivirent et auxquelles je ne compris rien.

À 19 heures, on procéda au vote. Et Ronald fut prié de dégager par huit voix contre cinq.

Surprise surprise! s'écria Tobold qui empruntait quelques-unes de ses formules à la télévision.

Ronald, foudroyé, quitta la pièce en chancelant.

Il était mort. Il se disait Je suis mort. Il se disait Celui qui tombe dans une affaire s'effondre à tout jamais. Par un effort de volonté extraordinaire, il se traîna dans le couloir jusqu'à son bureau. Mais Tobold en avait fermé la porte à clé. Voilà ce qui arrive aux traîtres, lança-t-il (Tobold était un homme qui allait droit au fait). Ronald, livide, ne répondit rien. Il devait être au désespoir. À moins qu'il ne pensât déjà à réclamer les 10 millions de dollars d'indemnités conventionnelles auxquelles il avait droit.

Je l'ai eu, dit Tobold sobrement lorsqu'il vint nous rejoindre dans le bureau de Cindy.

Ronald est tombé et Tobold a vaincu, écrivis-je dans mon carnet de notes sur la couverture duquel j'avais écrit en grosses lettres L'ÉVANGILE DE TOBOLD.

9

Au terme de cette éprouvante journée, Tobold, qui depuis la fin du CA avait bu plus que de raison, me confia qu'il avait besoin de s'étourdir, de brûler son fric, de s'anéantir dans les bras d'une femme qui n'ait pas le regard si moral de Cindy.

Il consulta devant moi sa liste de filles baisables (selon son expression) qui travaillaient à la *Pandora Company*, où il avait des parts (devais-je la transcrire ?), la commenta de détails indiscrets (devais-je les divulguer ?) et choisit Mélanie à qui, dit-il, il mangerait bien le minou.

Mélanie Griffith ? questionnai-je.

T'occupes, répondit-il.

Il était ivre, certes, mais devais-je, pour autant, supporter d'être traitée avec une telle muflerie ?

Il téléphona à ladite Mélanie, qu'il invita à dîner, rota sans cérémonie, et nous enjoignit à Pierre et à moi de venir le rejoindre.

J'aurais dû refuser une invitation dont la finalité me semblait des plus scabreuses et lancée par une personne dont l'état d'ébriété laissait craindre le pire. Au lieu de quoi, je remerciai avec effusion, comme c'est gentil, comme c'est aimable, avec grand plaisir, tout mon comportement, depuis le début de cette histoire, était marqué au sceau de cette ambiguïté.

Nous nous rendîmes au *Kobe Club* (Ivana Trump l'adorait) dans sa berline noire, qu'il appelait sa voiture présidentielle parce que tous les passants se retournaient sur elle, à sa grande fierté. Et pendant tout le dîner, Tobold, que l'ivresse exaltait, nous expliqua qu'il était le plus grand businessman du monde, le plus sagace, le plus munificent, le plus indomptable, le plus audacieux, le plus infaillible, le plus ci, le plus ça, le plus tout (l'alcool avait tendance à hypertrophier son moi, déjà considérable, en même temps que sa vessie), absolutely fabulous, very famous. Et moi d'assentir. Et de faire des ronds de jambe. Par veulerie et par servilité. Bien dressée. Qu'il était assis sur des milliards de dollars, que Bill Gates était enfoncé, Mittal enfoncé, Al-Walid enfoncé, Saparmourad enfoncé, et tous les autres. Mais qu'il était surtout le plus grand tringleur de la Terre, ah ah ah, et le mieux monté, ah ah ah, et que d'ailleurs toutes les femmes se jetaient à sa tête, pardon, à sa... ah ah ah, avis aux intéressées ! ah ah ah.

La belle Mélanie, assise face à lui, s'exerçait à bâiller par les narines.

Quant à moi, tantôt je riais d'un rire forcé, et tantôt je poussais des C'est super et des C'est formidable, accompagnés d'ébahissements feints.

J'étais lâche.

J'en prenais l'habitude (pas encore le goût).

Et pour m'en justifier, je me répétais en moi-même cette phrase que je venais de lire dans un livre intitulé l'*Histoire des deux Indes* et qui me concernait doublement : «Si les nègres sont lâches, c'est parce qu'ils ne doivent pas la vérité à leur tyran.»

Mais le sentiment d'être lâche demeurait au fond de moi en dépit de mon capital citationnel (assez volumineux) et venait gâter les plaisirs qui m'étaient si gracieusement dispensés.

Le repas terminé, Tobold, dans une forme étourdissante (il avait vidé à lui seul deux bouteilles de pommard), proposa d'aller boire un verre au Rosebud où il avait ses habitudes.

Non merci, désolée, dit la belle Mélanie.

Elle allégua de séantes raisons, sa fatigue, le travail, un enfant en bas âge. Mais je la supposai exténuée, tout comme moi, d'avoir entendu Tobold, trois heures durant, rendre un constant hommage à sa propre personne, se prendre constamment pour sa propre légende et rire grassement à ses propres facéties.

Tobold insista.

Mélanie refusa.

Tobold le prit mal et se mit à déboutonner furieusement le col de sa chemise.

Il se fit plus pressant. Insista derechef.

Mélanie, derechef, refusa.

D'accord, d'accord, mais souffrez au moins que je vous raccompagne.

Nous la raccompagnâmes, Tobold fort irrité, Pierre fort impassible et moi fort emmerdée.

Arrivée à destination, Au revoir et merci pour cette charmante soirée, formula, sur le point de descendre, la jeune femme bien élevée.

Tobold, comprenant que Mélanie ne l'inviterait pas à monter chez elle, joua ses dernières cartes.

Je sais que tu as envie de moi, lui murmura-t-il (regard langoureux) en essayant d'écarter ses jambes avec son genou. Il était tout rouge. Je le vois à tes yeux, lui dit-il en glissant sa grosse main baguée sous sa petite jupe.

Il parait au plus pressé. Moi je connais les femmes, lui susurra-t-il par lui-même charmé (tandis que j'essayais désespérément de me faire, derrière lui, la plus petite possible), je sais ce qu'elles kiffent (voix rauque et sexuelle), et il tenta d'incliner le cou de Mélanie en direction de sa braguette.

J'étais affreusement gênée et ne savais où poser mon regard. Quant à Pierre Barjonas, assis à mes côtés, il demeurait impavide, à l'instar d'un psychanalyste de la *Cause freudienne* armé du missel lacanien (une arme, vu le poids). Et comme je l'interrogeais des yeux, Vous en verrez d'autres, murmura-t-il. Ce qui ne fut guère pour me rassurer.

Moi je connais les femmes, répétait Tobold, glamour en diable, tout en appuyant vigoureusement sur la tête de la jeune femme.

Mais celle-ci se débattit comme un chat qu'on ligote, Vous êtes fou, rabattit sa jupe sur ses cuisses, réussit je ne sais comment à ouvrir la portière et s'enfuit en courant dans la nuit new-yorkaise.

Pouffiasse! hurla Tobold à travers la vitre de la portière. Puis se tournant vers nous, Qu'elle aille se faire foutre, elle ne me plaisait pas. Pas de cul. Pas de seins. Et une tronche d'instit.

Je me mis à trembler.

Nous rentrâmes.

Cindy nous attendait.

Elle avait le regard de celles qui ont pleuré.

Je ne sais pas ce qui me retient de lui foutre une baffe, marmonna Tobold entre ses dents, lorsqu'il vit son visage dolent et ses yeux de miséricorde.

Tobold était d'une humeur massacrante. Et lorsque Cindy s'approcha de lui, il la repoussa méchamment.

Pas touche!

Cindy et moi nous regardâmes.

C'est ça, dit-il, liguez-vous toutes les deux contre le gros méchant !

Je dois redire ici que j'éprouvais à l'égard de Cindy la plus vive des sympathies. Cindy me rappelait ma mère, son infinie patience et ses airs de sainte éplorée qui appellent les gifles. Dans ce milieu si dur de la haute finance, Cindy était le seul être que l'âpreté environnante n'avait pas endurci et qui montrait une gentillesse et une fraîcheur rares. Un cœur d'or, disait Tobold, qui s'y connaissait en métaux précieux. Comme nous partagions les mêmes appartements, nous étions devenues confidentes l'une de l'autre et, en quelques semaines, l'amitié nous avait liées. Je crois que sans les égards qu'elle me prodigua dès le commencement, sans ses yeux violets, sans sa simplicité et sa délicatesse, je n'eusse pas supporté de vivre plus d'un mois dans un monde où nulle aménité ne se lisait sur les visages, nulle aménité ni rien d'approchant, je parle des gens qui travaillaient au siège et qui tous me parlaient, me semblait-il, avec des voix d'interphone.

De voir Cindy ainsi rabrouée me déchira le cœur. Je l'embrassai en essayant d'insuffler dans mon baiser toute la compassion de mon âme. Puis je me retirai.

10

Cette nuit-là, je débattis avec moi-même, de longues heures.

Pourrais-je longtemps me taire, me dis-je, devant les pratiques de Tobold que je jugeais aussi brutales que cyniques et qu'il me fallait, non seulement justifier mais aussi magnifier dans mes catéchistiques écrits?

Pourrais-je longtemps feindre d'applaudir à l'optimisme délirant qu'il professait à l'égard du Libre Marché, qui me faisait penser aux érections dernières des hommes que l'on pend?

Pourrais-je longtemps entendre sans révolte ce qui me retournait le cœur?

Pourrais-je longtemps mentir, à moi-même et aux autres? Cher Bernard, ne t'inquiète pas, tout ici se passe pour le mieux. Chère maman, j'ai grossi d'un kilo et je suis en pleine forme. Oui Monsieur, formidable Monsieur, bien sûr Monsieur, évidemment Monsieur.

Moi qui avais si souvent déclaré que l'exigence absolue de mes écrits était qu'ils engageassent toute mon existence et fussent pénétrés des choses de ma vie, que faisais-je donc dans cette comédie et cette mascarade? Je me ruinais en lancinantes syndérèses (depuis le temps que je cherchais à placer ce mot).

Devais-je rompre immédiatement mon contrat en dépit

57

de ses mille avantages? Vaincre en fuyant, tel Ulysse?
(Je me surprenais parfois à faire étalage de mon érudition comme Tobold de sa fortune.) Fuir fuir fuir,
comme si le diable était à mes trousses, fuir ce monde
épouvantable des affaires, dans lequel tout me blessait,
tout heurtait mon cerveau et mon cœur, tout anéantissait
mes dispositions créatrices, ce monde dans lequel tout
était en totale contradiction avec mes façons de penser,
d'agir et de sentir, ce monde qui était en somme la figure
renversée du mien, pauvre en avoir mais riche en être,
comme on dit lorsqu'on se pique de philosopher.

Mais pouvais-je refaire le chemin à l'envers?

Et saurais-je me déshabituer des bontés, des séduc-
tions, des perfides douceurs inhérentes au luxe?

Fallait-il que je continuasse à faire semblant? Que
je m'accommodasse en serrant les dents, comme je le
faisais depuis le 20 septembre? Quitte à les rompre (les
dents). Devenir coriace? Insensible? Du cuir et de la
carne? Mais perdue à jamais pour la littérature?

Ou retourner à Paris, à une vie commune, je veux
dire terne, je veux dire morne, je veux dire fade, je
veux dire chiche (les revenus d'un écrivain étant, pour
le moins, incertains, si j'en crois mon expérience), je
veux dire paperassière, je veux dire merdeuse à souhait,
et aux longues heures passées à rêver d'un destin plus
glamour?

Dans tous les cas, les perspectives étaient affreuses.

En restant près de Tobold, je ne faisais, je le savais,
qu'ajourner l'orage. Je ne faisais que différer une rupture
qui m'aurait délivrée du malaise de plus en plus vif que
je ressentais. Car depuis que s'était tenu le CA, et bien
que je fisse mille efforts pour le dissimuler derrière un
sourire bête (c'était ma spécialité d'alors et c'est encore

ma parade lorsque je suis dans l'embarras, recours des faibles, j'en conviens, qui conjugue le désir de plaire à celui de ne pas se mouiller), la férocité dont j'avais été le témoin n'avait fait qu'accroître l'angoisse qui opprimait ma poitrine.

Le jour, dans le bureau de Tobold, des larmes me montaient aux yeux, que j'arrivais à refouler.

En revanche, le soir, en regardant la télé sur le canapé d'un des trente-six salons de sa résidence new-yorkaise, près de la douce Cindy qui se rongeait les petites peaux autour des ongles, je laissais libre cours au chagrin qui me minait.

Un soir (c'était un dimanche), j'éclatai en sanglots.

Je suis, vous l'avez deviné, une nature sensible. Pour ne rien vous cacher, une fleur. Un mot malencontreux, et je me fane. Une mine fâchée, et je m'étiole. Un méchant qui s'amène, et je flétris sur pied. Quant aux images télévisées de la misère humaine, elles m'attristent continûment, je veux dire tout le temps que dure leur retransmission, une minute, mettons deux, quelquefois plus, à l'occasion des grands séismes.

Mais, le soir dont je vous parle, assise sur le canapé du salon près de Cindy qui rongeait les petites peaux de ses ongles, je pleurais sur un autre malheur, un malheur qui n'était nullement dicté par des lois extérieures, un malheur dont la cause, vous l'avez compris, n'était qu'en moi.

Cindy ne s'y trompa pas.

L'amitié sait deviner ces choses.

Elle me laissa pleurer avec beaucoup de tact, me prit la main avec tendresse, puis m'aiguilla vers des sujets de conversation dont elle pensait qu'ils seraient agréables à mon cœur.

Elle me raconta son enfance sauvage, la maison de

Fatarella cernée d'oliviers qu'elle aimait comme aucun lieu au monde, et ses souvenirs du *Paradise* qui m'alléchaient extrêmement, car tout ce qui avait trait à la sexualité m'alléchait extrêmement. J'étais, et cet aveu me coûte, j'étais affreusement privée des délices du sexe et en proie aux fantasmes érotiques les plus échevelés, la plupart impraticables, techniquement parlant (ne connaissant presque rien de l'amour et de ses figures imposées pour avoir reporté toute ma libido sur la littérature, je manquais des données physiologiques de base, notamment sensitivo-motrices, et j'imaginais de fantaisistes emboîtements, d'irréalisables contorsions, d'invraisemblables vrilles, de furieux loopings, roulés-boulés, entrelacements, triples saltos et voltiges pétauristiques. Un festival).

Au *Paradise*, je ne montrais pas mon sexe tout de suite, me confia Cindy, artiste en la matière, je retardais le dénouement pour augmenter la tension du désir. Tobold (elle l'appelait Tobold), Tobold à cette époque était inflexible sur la question des délais, le strip devait durer quinze minutes, quinze minutes à me tortiller comme un ver et à me faire moi-même des massages thaïs en prenant le visage de sainte Thérèse goûtant les joies du paradis. Tobold m'assurait que je pouvais faire à peu près n'importe quoi pendant les quinze minutes réglementaires du strip, les choses les plus incongrues, Vas-y, on s'en fout, l'essentiel est que tu te montres. Et si je ne fais rien? Du moment que tu te montres! disait Tobold. Que tu te montres signifiait dans sa bouche que je montre mon sexe. Bien sûr, je préfère que tu bouges, ça fait plus sérieux, disait Tobold. Car Tobold, avant qu'il ne passe de la baise rapide à la bouffe rapide, aimait déjà le sérieux dans le travail, tu vois.

Je vois, dis-je. Je mouchai mon chagrin, je tamponnai

mes yeux tout gonflés par les larmes et, parce que je me sentais libre auprès d'elle, libre de pleurer, libre de me taire et libre de rêver, je lui parlai de Bob (De Niro), de son charme ondulant, de la façon si sensuelle qu'il avait d'accompagner ses mots d'une douce inflexion de la tête, de les boxer, tout tendre, de les caresser de ses mains veloutées, poétiques, de les porter à l'autre comme on offre des fleurs, Bob, Bob, Bob, Bob.

Et comme je me sentais mieux d'avoir ouvert mon cœur, je me mis à raconter n'importe quoi, puis Cindy se mit à raconter n'importe quoi, puis nous nous mîmes à nous raconter n'importe quoi pendant une bonne heure, l'amitié aime ces moments qu'une oreille indiscrète trouverait imbéciles et dont je vous dispense. Puis tout en grignotant un plum-pudding, nous suivîmes sans le comprendre un feuilleton télé plein de méchants aux prises avec plein de perfides pour les beaux yeux d'une rousse pleine de sentiments. Par association d'idées, nous en vînmes à commenter le comportement des managing directors, les Dongue, les Firch et compagnie, qui s'entredétestaient, s'entrejalousaient et s'entrecalomniaient fervemment, mais savaient converger, au moment opportun, et faire bloc dans la haine du boss, tout en lui faisant mille grâces (Ils me baiseraient le cul si je les y autorisais, nous confiait Tobold, dégoûté). Et de fil en aiguille, nous arrivâmes à notre sujet de prédilection: Tobold, Tobold, Tobold et encore Tobold. Tobold qui désespérait Cindy, Tobold qui se détournait d'elle, Tobold qui draguait les starlettes et les Miss Californie, Les femmes le perdront, Tobold qui ne pouvait repérer un jupon sans que. Tobold se moque de moi, se plaignait Cindy, il me néglige. Mais non, il t'aime, protestais-je. Sous ses dehors rugueux, il t'aime (je le pensais). Tu crois? me demandait Cindy avec un pauvre petit sourire.

Ma main au feu, affirmais-je. Mais pas plus tard qu'hier, disait Cindy, et elle déclinait les mille rebuffades qu'il lui faisait subir, et je déclinais, en guise de réconfort, les mille vexations qu'il infligeait aux autres, et nous finissions la soirée en proférant sur son compte des horreurs qui nous faisaient rire aux éclats, comme deux esclaves outragées, comme deux maîtresses déchues, comme deux disgraciées prenant leur petite revanche, nous proférions des horreurs sur son potentat, ses rustreries, ses manières mussoliniennes et ses délicatesses d'éléphant, un thème inépuisable.

Et si on le plantait là avec tout son fric et ses hamburgers dégueulasses ?

11

À en croire ses proches, Cindy avait été une beauté du temps de sa jeunesse. Elle était née en l'an 1946 de l'ère chrétienne, ce qui signifiait qu'il lui restait deux ans, tout au plus, avant de passer à la trappe. Mais elle demeurait encore attirante grâce aux injections de collagène que lui faisait régulièrement le Dr Moss.

Ses yeux: violets.

Ses cheveux: blonds.

Son visage: beau.

Son regard: bon.

Son teint: blanc.

Ses seins: ronds.

Son cul: fatal.

Son cœur: gros.

Sa robe: rouge.

Ses talons: hauts.

Ses attraits: mûrs.

Son caractère: doux.

Son âme: estropiée.

Son statut social: épouse de Tobold, jouissant par conséquent du formidable privilège d'être la personne sur qui Tobold exerçait préférentiellement sa cruauté (lui infligeant des mortifications assez semblables à celles que mon père infligeait à ma mère, soit dit en passant).

Pour le dire en une phrase, Tobold tournait contre Cindy toutes ses foudres et ses rognes, se vengeant sur elle de la somme des choses qui, en ce bas monde, l'insupportaient, en bref : tout ce qui n'était pas lui.

Et Cindy, la bonne, la très bonne, l'inlassablement bonne, souffrait avec une longanimité admirable les avanies qu'il lui faisait subir (que d'autres, plus syndiquées, auraient appelé esclavage) et les gifles éducatives qu'il lui envoyait lorsque ce salaud de Ronald l'avait mis à bout de nerfs, ce n'est pas le moment de me casser les.

Car Cindy *était* à Tobold le roi du hamburger (jamais le verbe être ne sonna de façon aussi possessive). Buvant à ses lèvres. Jetée à ses pieds, qu'elle lavait et oignait par la même occasion. Se penchant, maternelle, sur ses plaies et ses peines. Lui offrant son corps, son âme et sa vie tout entière pour qu'il en disposât selon son divin plaisir. Car Tobold était son Dieu (et subsidiairement sa thune). Un Dieu vivant qu'elle adorait et qu'elle servait dévotement, éperdue d'amour et courant au-devant de ses moindres désirs. D'ailleurs Tobold ne se souvenait pas d'avoir jamais formulé un seul vœu qu'elle n'eût aussitôt exaucé, ma poule.

Cindy avait rencontré Tobold un soir de l'hiver 1970, dans un bistrot de la rue Lepic. À cette époque, il n'était rien, elle était pauvre. Lui venait d'ouvrir un peep-show, elle rêvait de rencontrer un prince russe. Ils se comprirent. Et se jetèrent l'un sur l'autre pour résister ensemble aux rigueurs de la vie.

Tobold dit à Cindy : Ta chevelure est un chef-d'œuvre.

Cindy vit en Tobold son maître, et dans le peep-show son refuge.

Elle s'y illustra, des années durant, avec pour tout

costume ses longs cheveux dorés qui chatoyaient sous les spotlights. Grisée d'abord et vaillante à l'ouvrage, puis indifférente et mécanique, elle s'appliqua nuit après nuit à remuer vaillamment son derrière tout en ouvrant son sexe avec ses doigts. Ainsi que l'ordonnait Tobold. À qui elle ne savait qu'obéir. Avec une hâte craintive et une dévotion sans borne. Lesquelles, ajoutées à une prestesse du corps toute sportive, lui permirent de gravir facilement les échelons de la fortune : maîtresse d'abord (elle suce comme une reine, se vantait Tobold, qui était sans pudeur), cogérante ensuite du premier fast-food, puis directrice déléguée de la firme *King Size*, pour occuper finalement le poste de poule officielle sur les photographies des magazines : visage de condamnée, mais look de dame, le prestige du boss exigeant qu'elle se fringuât chic.

En bon despote, Tobold la couvrait de présents insensés (ainsi qu'il le ferait plus tard avec moi, mais dans une moindre mesure), présents qu'il assortissait de paroles rogues et d'étreintes bâclées. Car le temps, pour Tobold, était compté, le temps avait un coût, pas question de le perdre en papouilleries idiotes et tirades d'amour nunuches. De plus, Tobold était peu porté aux amphigouris poétiques (d'où l'engouement qu'il suscitait auprès des intellectuels toujours prêts à tenir en disgrâce les choses de l'esprit) et ne parlait avec lyrisme que la langue du Dow Jones.

Mais par mille largesses (un diadème serti de diamants qui dormait dans un coffre, une maison à Fatarella, le village natal de Cindy, avec terrasses, jets d'eau et colonnades grecques, un tableau de Karen Kilimnik qui représentait Cindy en Madeleine préraphaélite au pied d'un crucifié qui ressemblait à Tobold comme un frère), Tobold voulait récompenser Cindy pour sa bonté, étant donné, affirmait-il, que non seulement les bons ne sont jamais récompensés pour leur bonté, jamais jamais au grand jamais, mais, en général, ils l'ont dans le cul! (devais-je mentionner cette profonde réflexion dans l'évangile?).

Par le truchement de ses cadeaux de prix, il voulait, disais-je, la récompenser pour sa bonté, lui témoigner qu'elle lui était aussi précieuse que, j'allais dire l'eau, que les margaritas, remédier aux états de tristesse dont il était ensemble la cause et l'instrument, et prévenir en même temps ses éventuels reproches (car Tobold ne s'exhibait que rarement en la compagnie de Cindy pour la bonne raison qu'il était perpétuellement en chasse, perpétuellement à mater les autres femmes, perpétuellement à leur faire du gringue, et Cindy en souffrait en silence, et ce silence résonnait pour lui de reproches muets).

Car Cindy, j'insiste, était la seule en ce monde qui l'aimât d'amour pur, appelons-le pur, sans chicaner, c'est-à-dire sans exigence d'aucune contrepartie financière ou sentimentale (cette dernière étant des deux, à mon idée, la plus nocive). Tobold le savait, aussi clairement qu'il se savait l'homme le plus puissant de la planète. Et il en abusait. Évidemment. Et il la tourmentait. Évidemment. Pour le plaisir et le délassement.

Cindy était la seule en ce monde qui l'aimât d'amour pur, la seule à l'apaiser, lorsque, halluciné dans son lit d'insomnie, il voyait la menaçante armée de ceux qu'il avait grugés tout au long de sa vie venir lui demander le compte de ses crimes, la seule à écouter les palpitations de son cœur lorsque Ron Ronald, dans la nuit, menaçait. La seule à l'avoir étreint contre ses seins tranquillisants, mon chouquet, mon bichon, mon bébé, lorsque les actions de *Pizza Hot* chutèrent de façon

motherly, child

vertigineuse et qu'il pleura comme un enfant (car Tobold n'était pas Robocop comme certains le prétendaient, c'était un homme fait comme tous les hommes, muni d'un cœur dans sa poitrine et d'une âme qu'il menait à moto, dans des rugissements). La seule sur cette Terre à s'être autorisée, bien que tremblant, à lui enseigner les règles de la politesse à table, la serviette posée sur les genoux et non sur la tête, s'esclaffait Tobold, mauvais élève. La seule à l'avoir dissuadé de s'exclamer, après avoir vidé son verre, Ça fait du bien par où ça passe, mais qui avait échoué sur la question de la remontée manuelle des pudenda, on ne se refait pas. La seule à avoir osé lui conseiller de suivre un programme accéléré d'*excess-conviviality* pour apprendre à tenir des discours bienséants devant les légats, les nonces apostoliques, les ministres plénipotentiaires et tous ceux qu'il était convenu d'appeler les puissants. La seule à lui offrir des bonbons Michoko qu'il suçotait le soir en regardant un film de karaté dans lequel les méchants mouraient les uns après les autres des mains, et surtout des pieds de Jackie Chan, jusqu'à complète extinction du mal, ça fait du bien. La seule qui connût la combinaison de son coffre-fort, qui était grand comme une salle à manger. La seule qu'il appelait maman lorsque, sorti à neuf heures du soir pour faire pisser Dow Jones, il rentrait à cinq heures du matin, aviné, pantelant, trébuchant, de sa tournée de libations, Maman chérie me gronde pas, me laisse pas mamanou. Et la seule à lui murmurer: Si tu continues, je vais te faire panpan cucul. La seule au monde qui se risquât à corriger ses fautes de français, On ne dit pas rénumération on dit rémunération, C'est pas logique, On ne dit pas vous contredites on dit vous contredisez. La seule à l'écouter parler, avec une patience d'ange, des tribulations du Shenzen B

67

en Chine. La seule au fond à le connaître. Et peut-être mieux que lui-même. La seule à avoir eu l'audace de lui dire, encouragée par ma présence, qu'il était ridicule d'épater la galerie en conviant ses invités à faire le tour des cent quarante-six pièces de sa baraque, Visez un peu mes salles de bain en marbre de Carare, visez mon salon en léopard, visez mes robinets en or, mes vases chinois, mes meubles Empire, ma fausse bibliothèque de faux livres reliés, mon portrait rigolo de Dora Maar, et le fin du fin, visez mes piliers antiques ramenés de Bagdad l'année dernière. Ta magnificence, balbutia Cindy, n'a pas à s'abaisser à ces pratiques de plouc, d'éleveur de vaches.

De gagnant au loto, dis-je, prise de je ne sais quelle audace.

En jogging, compléta Cindy.

Jaune, conclus-je.

C'est fini, oui? ordonna Tobold, peu habitué à ces remises en cause. (Tobold, ne l'oublions pas, était un être incontestable, et si quelqu'un s'avisait de le braver, son estocade en réponse était instantanée et, quelquefois, mortelle.)

Après quoi, il opéra une sortie digne d'un empereur dans une chorégraphie de Kamel Ouali.

Car Tobold était l'empereur et Cindy la belle âme.

Tobold était la richesse et Cindy l'amourmour.

Tobold était le dur et Cindy la très sainte.

Ensemble ils joignaient leur rivière.

Le duo idéal.

Comme ils sont assortis! s'exclamait Pierre Barjonas.

Quel couple charmant!

Cindy, écrivis-je, était une pure parmi les impurs, une noble parmi les ignobles, une innocente parmi les nocifs, une impeccable parmi les pécheurs (le procédé

68

a ses limites), une âme d'élite ornée de mille grâces, que Tobold avait proclamée la femme la plus bonne du monde, pas question d'en disconvenir, la femme la plus bonne du monde avant mère Teresa, avait-il décrété, car c'était lui-même qu'il glorifiait en la sacrant la plus bonne du monde, si bonne qu'elle n'avait pu se résoudre, pauvre chou, à engager plus de treize domestiques, tant l'attristait l'humiliation morale que cette basse besogne impliquait, si bonne qu'elle offrait à ces malheureuses, qui l'adoraient comme la Sainte Vierge, les robes Christian Dior qu'elle n'avait portées qu'une fois avec les chaussures assorties et tout un tas de fanfreluches hors de prix.

C'est que les misères des autres lui transperçaient le cœur autant que si elles lui étaient infligées, pauvrette, d'où le sourire douloureux qui constamment parait son beau visage et ses grands yeux soumis où brillait l'antique lueur de la miséricorde, écrivis-je avec le sentiment très net d'en faire trop, mais c'était, je crois, ce que Tobold attendait de moi, que j'en fisse trop, que j'appuyasse, que je surlignasse, que j'en rajoutasse des couches et des couches sur le faux dans l'espoir qu'il fît vrai, selon la méthode littéraire dite baroque, fort appréciée des Hispaniques qui sont tous des exagérés, mais tenue en suspicion par les Français, qui ne plaisantent pas, comme on le sait, avec le sens de la mesure.

Il était rare que Cindy, la très immaculée et toujours bonne, poursuivis-je, refusât son concours aux œuvres charitables qui s'employaient à adoucir le destin des millions d'affligés qui, pour d'obscures raisons, s'obstinaient à rester accrochés à la croûte terrestre. Et au moment où nous nous rencontrâmes, elle venait tout juste d'accepter de succéder à une star du cinéma dans la fonction d'ambassadrice de la *Chaîne de l'Espoir*, une fonction qui se bornait, déplora-t-elle, à apparaître en photo sur des affiches publicitaires, où son regard d'enfant battue et son visage de miséricorde feraient, quelque temps après, un tabac.

12

Cindy la très généreuse (elle l'avait abondamment prouvé au *Paradise*) nourrissait secrètement l'espoir que Tobold s'adonnerait un jour au charity business et, une nuit où tous trois nous bavardions joyeusement autour d'un verre (ce qui nous arrivait de plus en plus souvent), elle lui suggéra de fonder, grâce sa phénoménale fortune, une institution charitable qui serait comme le couronnement de sa vie. Son apothéose.

À quoi Tobold répondit tout net Niet.

Attendu que :

– un, Tobold refusait, par principe, toutes les propositions de Cindy,

– deux, il éprouvait un plaisir, toujours renouvelé, à la peiner,

– trois, il exécrait la discussion dans laquelle il ne voyait qu'inanités verbeuses contraires à sa bonne humeur, et n'avait que mépris pour les marchands de charabia, mâche-merde et autres auteurs de couillonnades, lesquelles le rasaient (propos tenu lorsqu'il était à jeun) ou avec lesquelles il se torchait (propos braillé devant ses seuls intimes lorsqu'il avait subi les actions conjuguées de la bière et de la coke).

Et c'était, précisément, cette aversion pour les choses de l'esprit qui faisait de lui l'homme du Nouveau Règne.

Parle à ma bourse, ma tête est malade, aimait-il à proférer. Ou encore : Trop penser nuit. Et il ne dissimulait pas ses bâillements lorsque Alain Dongue, son dircom, se lançait dans des considérations d'ordre théorique sur le concept du *trickle down effect* tel qu'il avait été élaboré par Ricardo et Smith, encore appelé effet de ruissellement, et selon lequel les riches, ne pouvant dépasser un certain seuil d'accumulation des richesses, se voyaient contraints, la mort dans l'âme, de les laisser ruisseler sur les pauvres, argument auquel on pouvait objecter que le désir de s'enrichir ne rencontrait jamais de limites objectives et ce, pour la bonne raison que chez un milliardaire l'argent n'était nullement corrélé à la satisfaction de ses besoins (manger, boire, dormir et faire pipi-caca, si l'on y réfléchit, reviennent à peu de chose) et que ce *trickle down effect*, en dépit de son intitulé moderniste, n'était rien d'autre que la version immonde de l'absurde chimère du Paradis biblique, etc. etc., jusqu'au moment où Tobold s'exclamait : Vos grandes phrases me soûlent, Dongue, ce qui faisait dire à ses détracteurs qu'il était tout simplement borné et qu'en guise de cervelle il disposait d'un pois.

La réponse quelque peu brutale de Tobold à l'admirable suggestion de Cindy de fonder une œuvre charitable m'amena à préciser, dans l'évangile que je rédigeais à sa gloire, la manière remarquablement binaire dont fonctionnait sa pensée.

Tobold disait yes or no, pile ou face, chaud ou froid (il avait horreur de la tiédeur et, plus que tout, de la tiédeur économique), tromper ou être trompé, tuer ou être tué. Le mystère de la trinité lui demeurait parfaitement étranger. Et dès que, dans la bouche d'un autre, deux possibilités versaient dans une troisième, trouble et énigmatique, Tobold l'écrasait d'un Basta ! ou d'un

Ça va ! Ou, s'il s'agissait de Cindy, d'un Ferme-la !
sans appel.

Et les choses redevenaient magiquement simples.

Plus de chicane.

L'effronté était mis au tapis.

Qu'il dégage.

Tobold, écrivis-je tout en sachant que cette phrase ne
franchirait jamais la censure patronale, Tobold a l'ignorance péremptoire et un esprit d'affirmation qui aplatit
toutes les subtilités. C'est là sans doute, développai-je,
l'un des secrets de sa phénoménale réussite (et celui
de mon phénoménal échec, ne puis-je me défendre
de penser, non sans vanité, comme si l'échec était en
lui-même un gage de talent littéraire, quelle stupidité !).
Les spéculations financières, comme les attaques sur-
prises, honnissent le méandre, l'équivocité, la tergiver-
sation, l'entre-deux vacillant et, plus encore, l'obscurité
du poème qui ne fait qu'ajouter à l'obscurité de la vie.
Elles exigent de fondre sur l'autre si vite qu'il n'a pas
le temps de

Ainsi les aigles, ainsi Tobold, écrivis-je.

À cet esprit rapace, ajoutai-je, s'allient chez lui un
flair féroce, la rage de gagner et un savoir inné des fai-
blesses des autres, dont il sait tirer un parti considérable,
je parlais en connaissance de cause puisque Tobold
m'avait choisie, je le comprenais à présent, pour cette
faille en moi qu'il avait pressentie, cette discordance
entre la grandeur sublime de mes idéaux littéraires et les
mesquineries auxquelles je devais me soumettre pour
vivre, cet écartèlement entre mes aspirations élevées, je
dirais même transcendentales, et leurs piètres accom-
modements dans une vie quotidienne en proie à de
basses contingences et où la question Combien ça
coûte ? revenait avec une morne et insistante régularité.

Plus le temps passait, plus cette division en moi se creusait, plus mes compromis me semblaient pitoyables, plus je me sentais fragile et comme prisonnière d'un sort inéluctable, et plus je me pliais sans résistance aux instances de Tobold, et plus je déférais passivement à ses décrets, oui Monsieur, bien sûr Monsieur, évidemment Monsieur, tout de suite Monsieur.

Un paillasson.

Et moi qui avais passé une partie de ma jeunesse au Café des Ormeaux à expliquer comment combattre le Capital par la pensée, moi qui m'étais toujours enorgueillie d'être un écrivain de la révolte, un écrivain qui violait la syntaxe, un écrivain qui saccageait le beau style pour en faire de la charpie, moi qui me flattais d'être une démolisseuse de la phrase, une terroriste de la narration, la progression ? fadaise ! le dénouement ? foutaise ! la psychologie ? pfuit ! les conventions ? à balayer ! les personnages ? vieilleries d'un autre siècle !, un écrivain révolutionnaire quoi, bien que ce mot fît honte, moi donc, l'écrivain de toutes les rébellions, je n'osais dire merde de vive voix à un marchand de hamburgers.

Force m'était d'en convenir : j'avais le cœur poltron.

Et ce constat désespérant venait saper le peu d'amour de moi qui me restait encore.

J'allais très mal, vous dis-je.

Je crois même que je n'étais jamais tombée si bas.

Mais si bas que je déchusse, je ne pouvais me résoudre à partir.

J'étais rivée.

Peut-être la situation, dans le fond, te convient-elle, suggérait Cindy.

Était-il possible que je me complusse dans un aussi lamentable contexte ?

Je me promettais d'y réfléchir. Plus tard. À tête reposée.

Pour l'instant, elle n'était (ma tête) qu'un nid de cou-
leuvres (comment celles que j'avalais depuis un mois et
vingt-six jours étaient-elles montées jusque dans mon
cerveau ? mystère).

dramatisation
de conflit
intérieur

- commentaire sur
la littérature

⚘ l'ectrice

13

L'affaire marche du feu de Dieu!

Pierre Barjonas était entré dans le bureau de Tobold, sans m'accorder, comme à son habitude, ni un salut ni un regard, car il montrait pour tout ce qui lui était inférieur (et il pensait que j'étais une quantité négligeable, pour ne pas dire nulle, attendu que ma capacité de nuisance lui semblait négligeable, pour ne pas dire nulle) une indifférence et un dédain inouïs.

Les chiffres sont super! exulta-t-il (il s'agissait des premiers résultats du système de commande à distance que Tobold avait baptisé *Électro-Hop*) et il continua de faire de grandes exclamations.

Tobold, en sa qualité de génie des affaires, s'autofélicita pour son idée géniale, me demanda mon avis, C'est super! C'est génial! (j'émis deux épithètes, pour plus de sûreté), se fit répéter, pour le plaisir, les chiffres qui allaient positionner sa société *Électro-Hop* parmi les plus compétitives du monde, objectifs explosés!, et informa Barjonas que les actions de *Banana Republic* avaient triplé en trois mois et que, tiens-toi bien mon biquet, tandis que je te parle le titre de *Domino's* progresse de six points.

Puis, emphatique, il déclara: J'amasse du fric sur la Terre car tout porte à croire qu'aux yeux des femmes là où est la cash machine, là aussi est le cœur.

À l'exception de Cindy, précisa Pierre.

Natürlich, dit Tobold.

La cash machine, développa Tobold, en veine poétique, la cash machine exerce un attrait sexuel magnétique sur les femmes, bien qu'on la dise sans odeur. En vérité je vous le dis, la cash machine est un aphrodisiaque.

Hi hi hi, fit Pierre.

Mais attention, proféra Tobold, le doigt levé, il ne faudrait pas qu'on me prenne pour une billetterie automatique.

Hi hi hi, fit Pierre. Je crus, néanmoins, percevoir dans son rire une sorte d'embarras.

À cet instant précis, on annonça la venue de Sharon Stone.

Tobold eut un sourire triomphal car la visite inopinée de cette pouffe (dit-il) tombait à pic et venait apporter la preuve concrète de l'audacieuse hypothèse précédemment avancée, Vous allez voir ce que vous allez voir.

Sharon Stone parut.

Et nous nous tûmes, médusés.

Tobold daigna se lever de son trône pour l'accueillir, lui fit le baisemain et se répandit en éloges élégiaques sur sa divine beauté, je cite.

Sharon lui répondit que, bien qu'elle se sentît américaine de la tête aux pieds, elle refusait catégoriquement le lifting (c'était énorme!), car elle croyait aveuglément aux produits de la gamme *Capture totale* fabriqués à base de centuline, extrait biotechnologique qui avait le pouvoir de stimuler la protéine de la longévité, l'une des clés de l'éternelle jeunesse puisqu'elle corrigeait les outrages du temps, ce furent ses paroles.

Tobold lui répliqua aussitôt qu'il était son galant par elle capturé et que d'amour ardent son captif se brûlait.

Puis, enchanté de sa tirade, il se rassit dans son fauteuil et prit une pose avantageuse (épaules épanouies et sourire avenant).

Sharon, assise face à lui, croisa et décroisa ses jambes à toutes fins utiles (nous offrant un assortiment merveilleux de figures destinées à incarner la question du voilement/dévoilement telle que la pose Martin Heidegger dans *Qu'appelle-t-on penser?*) et en vint, après les gracieusetés et badinages requis, à l'objet de sa visite.

Elle souhaitait que son cher ami Jim participât au gala de charité qu'elle organisait le 13 décembre dans les salons merveilleux du merveilleux *Beverly Hills*, car sa présence était hautement symbolique (Plus t'as du fric, plus ta présence est symbolique, commenterait Tobold, sarcastique, après le départ de la star). Seraient aussi présents son cher ami Bruce Willis, sa chère amie Julia Roberts et son cher ami Donald Trump. Rencontrer tous ses chers amis, faire le bien autour de soi (croisements et décroisements de jambes) et se divertir par la même occasion, qu'y avait-il au monde de plus exciting? N'était-ce pas le plus beau des passe-temps? Les recettes iraient directement à la fondation *Planet Children*, laquelle venait en aide aux enfants togolais souffrant, c'était affreux, de dénutrition (voix sexy, paupières palpitantes), un drame humain absolument épouvantable.

Tobold me fit, en douce, un clin d'œil malicieux bien qu'à peine perceptible et je fus prise d'un insurmontable accès de rire.

Je pouffai. Ou plutôt j'émis un bruit étrange. Entre le hoquet et le cri d'étranglement. Ce qu'en musique on appelle un couac.

Lequel vint déparer la belle solennité du moment.

Excusez-moi.

Sharon Stone, se tournant dans ma direction, me regarda comme si j'avais commis je ne sais quelle inconvenance.

Mais bien que cette situation me fût extrêmement pénible, bien que je m'efforçasse au sérieux de toutes les manières, car il était question d'enfants dénutris et en danger de mort, un drame humain absolument épouvantable, le rire monta en moi, par poussées, monta, monta, j'en avais mal au ventre, monta, monta, la mine offusquée de Sharon ne faisant qu'augmenter sa poussée, monta, monta, de vouloir le contraindre ne faisait qu'accroître le risque d'explosion, monta tant et si bien qu'il explosa.

C'est pas moi, dis-je, après que j'eus retrouvé mon calme.

Je disais vrai.

14

Plus le temps passait, plus mon apparente innocuité le mettait en confiance, plus Tobold se montrait ouvertement familier avec moi, et plus il se montrait ouvertement vulgaire, comme si la parenté de nos origines l'autorisait à toutes les familiarités, toutes les trivialités et toutes les négligences. Qu'il me tutoie, passe encore, me disais-je, mais qu'il se gratte ou se laisse aller à remonter, devant moi, avec un parfait naturel, ses génitoires, cela me désoblige de la plus violente manière. Mon contrat ne stipulait pas que je dusse partager sa bauge, que je sache. Ni que j'eusse à supporter la vision de ses grattages et autres gestes réflexes d'un goût très discutable. Pour m'en préserver, me disais-je, la seule parade est de garder prudemment mes distances.

Je persistai donc, malgré ses nombreuses invites à davantage d'intimité et ses Appelle-moi Jim réitérés, je persistai à lui donner du Monsieur, oui Monsieur, tout à fait Monsieur, avec plaisir Monsieur. Histoire de le refroidir.

Or donc, un matin où je trottinais derrière lui (il avait décidé, ce jour-là, de faire un footing jusqu'à sa voiture : une Ferrari Testarossa Spider 2006 super-silencieuse et super-confort), un vieil homme le héla.

Je m'enlève le pain de la bouche pour nourrir mon fils aîné, glandeur de son état et s'acharnant à le rester. Pourriez-vous l'embaucher? demanda le vieil homme sans autre préambule.

Et Tobold qui adorait être exposé à la vénération publique pour y distribuer ses mains, ses bénédictions et ses sourires présidentiels, Tobold qui était constamment sollicité (et qui adorait l'être) par un défilé de mendiants qui mendiaient, d'affairistes affairés, de courtiers frénétiques, de politiciens combinards, de quémandeurs caressants, d'adulateurs qui l'appelaient maître, d'artistes aux abois en quête d'un sponsor, de blondes incendiaires qui venaient lui offrir leur chatte (On ne prête sa chatte qu'aux riches, était l'une des ses devises favorites), de curieux qui voulaient voir, en vrai, un riche vraiment riche, non pas un riche notaire, ni un riche pharmacien, mais un méga-riche, un riche grandiose, un riche planétaire, un riche astronomique incapable de chiffrer exactement sa fortune, 35 milliards de dollars? ou 40? ou peut-être 50?, ces richesses de toute façon confondaient l'esprit, de traders excités, de flagorneurs qui le proclamaient Président du Gouvernement Mondial, d'évangélistes psychotiques qui voulaient le convertir à la foi du Christ, et de stars du cinéma comme Sharon Stone, QI 136, laquelle sollicitait tous les six mois une audience personnelle pour lui donner son opinion (dont il n'avait que faire) sur la crise du Proche-Orient, la politique chinoise, les dangers du régime iranien et autres sujets brûlants, QI oblige, Tobold, dis-je, écouta le vieil homme qui essayait de caser son parasite de fils, et ne put s'empêcher de s'écrier: Ô génération incrédule et perverse! Jusqu'à quand serai-je avec vous? Jusqu'à quand vous supporterai-je! Puis aussitôt il se reprit et dit au père: Amenez-le-moi demain.

Et le lendemain le père amena le fils.

Alors Tobold dit au fils: Que préfères-tu, la taule ou le travail?

Alors l'effronté répondit: C'est pareil.

Ce qui plut immédiatement à Tobold qui avait un faible pour les insolents, les arnaqueurs, les chapardeurs et turbulents de toutes sortes, avec lesquels il partageait un langage sans apprêt, l'insouciance de nuire, une même aversion pour les riches de naissance et cette faim violente que certains appellent vengeance et d'autres ambition. Les recruteurs de Tobold avaient d'ailleurs la consigne d'embaucher ces voyous de préférence aux autres candidats et de les hisser au rang de top-managers où ils se révélaient, paraît-il, excellents. Car ils dirigeaient leur équipe avec cette assurance teintée de muflerie qui leur venait de l'habitude, contractée à l'adolescence, de repérer les pigeons et d'arnaquer sans scrupule les jeunes filles nigaudes en leur faisant croire, tout frémissants, qu'ils les aimaient beaucoup, passionnément, à la folie, pas du t

Avec une rigueur qui comblait secrètement leur fièvre de revanche et leur goût impérieux de sévir, ils n'hésitaient pas, au moindre manquement d'un de leur subalterne, à en référer en haut lieu. Sur les ordres de Tobold, une ligne directe avait d'ailleurs été mise en service pour la dénonciation des employés improductifs. Car pour Tobold, il faut le souligner, le mal sur terre était l'improduction. Et rien d'autre.

Résultat: le taux de maniabilité de leur équipe dépassait les 80%! Qui dit mieux?

Et si, en d'autres temps, ces jeunes avaient craché sur leur maître d'école parce qu'il leur enseignait des choses inutiles à l'édification de fortunes rapides, ils se montraient en revanche d'une dévotion exemplaire à l'égard du boss qui leur envoyait une fiche de salaire (truffée de retenues) et approvisionnait (fort modérément) leur compte en banque et les fantasmes d'opulence sur lesquels, continuellement, ils s'abusaient.

Alors Tobold dit à l'effronté : Ce qui te manque c'est la foi, car si tu avais la foi, tu dirais à cette montagne Transporte-toi et elle se transporterait.

Alors le jeune homme ricana : La foi en quoi ?

Alors Tobold dit : En le pèze.

Alors le jeune homme ironisa : Je lui proposerais bien de se transporter jusqu'à moi.

Alors Tobold dit : Blague à part, je te donne 2 000 $ par mois si tu acceptes d'être top-manager, car Tobold savait se frayer, à coup de thune, un chemin dans le cœur des jeunes gens. Non, non, ne me remercie pas. Cela me fait extrêmement plaisir.

Alors, et aussi surprenant que cela pût paraître, le jeune homme dit O.-K.

Le jeune homme, écrivis-je dans mon carnet, fut frappé par la grâce, car la grâce de Tobold était inéluctable. Le jeune homme se disait en lui-même qu'il allait enfin pouvoir s'acheter une paire de *Nike* dorées comme celles de Zidane, et se faire bien voir du père de Jennifer qui avait une situation. En sus, il aurait tout loisir de se calmer les nerfs en donnant des ordres durs aux Nègres et aux Arabes, méthode sédative s'il en fut, fais ci, fais ça, plus vite, bouge ton cul, tu te magnes putain ! tu dors ou quoi ! t'as pris de la drogue ou quoi ! remue-toi feignasse ! et plus vite que ça ! toi pas comprendre ? moi te faire voir !

Le jeune homme, donc, dit O.-K., et fut conduit dans les bureaux de Firch, le DRH, pour y accomplir les démarches nécessaires à l'embauche.

Tobold et moi restâmes seuls.

Tobold, souvent, profitait de ces instants où nous étions en tête à tête pour affiner les arguments apodictiques qui feraient de ses Mémoires la Bible du Nouveau Règne, tels furent les mots que, ce jour-là, il prononça sans une once d'ironie.

Tu en es le témoin, me dit-il, le nombre des adeptes qui disent O.-K. à la Libre Économie est gigantesque et il grossit de jour en jour. Tous veulent, vois-tu, leur part de gâterie. Tous vivent dans cette espérance qui leur fait battre le cœur. La puissance de la Libre Économie est telle, écris-le, qu'elle convainc même ceux qu'elle menace le plus.

Mais Monsieur c'est affreux ! m'insurgeai-je.

J'évitais en général tout commentaire car je craignais qu'il ne me jetât. J'étais d'un naturel craintif, vous l'aurez deviné. Le moindre fracas me faisait détaler, j'entrais en tremblements dès qu'on haussait le ton, et passais une part de ma vie à me précipiter dans diverses cachettes (le roman dans lequel soudainement je m'abîmais, un mutisme parfait plus protecteur qu'un mur, une mine timide qu'exprès j'exagérais jusqu'à paraître idiote, ou un air malheureux que je n'avais aucune peine à feindre et qui, de plus, faisait, croyais-je, artiste), mes seules hardiesses je les réservais aux poèmes que mes éditeurs parisiens, affolés par leur odeur de soufre, refusaient systématiquement. J'étais d'un naturel craintif, dis-je, mais je ne pus, cette fois, réfréner ma colère.

C'est comme ça ! rétorqua-t-il. Car ceux qu'elle menace le plus redoutent davantage que les autres d'en être exclus, et de ce fait ils la désirent davantage et jusqu'à l'obnubilation. Et s'ils la désirent tant, note-le, c'est parce qu'ils croient, comme moi, qu'il n'y a pas d'issue hors d'elle, et ils le croient si bien qu'il ne leur vient même pas à l'esprit de protester.

Vous vous méprenez gravement, dis-je avec la témérité suicidaire que manifestent quelquefois les personnes les plus timorées lorsque la colère les égare.

Il me regarda, légèrement désarçonné. Je l'avais pris au dépourvu, et s'il y avait bien une chose au monde que détestait Tobold le roi du hamburger, c'était d'être pris au dépourvu.

Je suis sûr de mon fait, rétorqua-t-il, non sans sécheresse. La raison marchande, mademoiselle (que signifiait ce méchant mademoiselle ?), ne peut que triompher. Sa marche en avant est irréversible. Toute la planète d'ailleurs est convertie à son principe, la Russie est convertie à son principe, la Chine est convertie à son principe, l'Afrique est convertie à son principe, les islamistes sont convertis à son principe, les journalistes, les juges, les professeurs, les boulangers, les cuisiniers, les garagistes sont convertis à son principe. Elle ne connaît pour ennemis que trois poètes (il insista sur le *è* de poète avec une intention méprisante) et deux cinglés.

Je fis comme si je n'avais pas entendu. Lorsqu'il me lançait des piques, je faisais presque toujours comme si je n'avais pas entendu (tactique empruntée à ma chatte Attila qui présentait une surdité sélective doublée d'une affectivité encore plus sélective : elle n'aimait que moi).

La thèse de Tobold le roi du hamburger, écrivis-je, était aussi simple que radicale : le Libre Marché encore balbutiant inaugurait un Nouveau Règne dont il était l'initiateur, le conducteur et le propagateur et, lorsqu'il avait bu trop de bière ou sniffé trop de coke, il décrétait en être, carrément, le prophète.

Il y avait eu Nabuchodonosor, il y avait eu Alexandre, il y avait eu César, il y avait eu Jésus et Christophe

Colomb. Aujourd'hui il y a moi et tout le prouve, pas vrai, mon toutounet?

Le Libre Marché dont il était l'incarnation avait la force incompressible d'une roquette jaillissant d'une Katioucha, et Tobold, ce disant, faisait le geste de lancer une bombe.

C'est à ces moments-là qu'il m'effrayait, me rappelant mon père, maçon de son état, lanceur de gifles et de jurons obscènes, tyranneau à la manque qui n'avait sous la main que deux enfants à terroriser, communiste intégral et pourfendeur acharné du Capital, exalté par l'échec autant que Tobold par la réussite, double raté de Tobold, en quelque sorte, revenons au Marché, cela vaut mieux, le Marché dont rien ni personne, affirmait Tobold, ne pouvait arrêter la très galopante et très inéluctable expansion. Mais avant d'apporter à l'humanité les merveilles promises, l'instauration du Nouveau Règne ne pourrait s'accomplir sans douleur, rien de nouveau ne pouvait s'obtenir à moins, on ne faisait pas d'hommelettes sans casser des hommes, ah ah ah, et si les couches nécessiteuses peinaient à le saisir, il fallait les y aider. Comment? Par les images. Quelles images? Des images de pub triliteralmonoïdéales. Telles que? Tom Cruise coiffé d'un sombrero, un lasso dans une main, un hamburger dans l'autre, avec cette légende: *King Size le dîner du cow-boy.* Avec quelle fonction? La fonction de rendre attrayantes les diverses façons d'enculer les masses. Et quel succès? Total. Cela valait-il pour la promotion des écrivains? Évidemment. Comment? Par l'apparition réitérée de leur trombine dans les médias, relayée par quelques amitiés bien placées.

Et comme je demeurais perplexe, Il n'y a que les paumés dans ton genre pour ne pas le comprendre, dit-il.

Car Tobold le roi du hamburger ne pouvait concevoir un seul instant qu'il existât d'autres opinions que les siennes, et que je ne puisse y adhérer signifiait simplement à ses yeux que, trop égarée dans les fumées de la littérature, je n'étais pas à même d'en mesurer la pertinence.

Néanmoins, ce jour-là, l'égarée hasarda: Comment voulez-vous que les ouvriers qui travaillent dans vos abattoirs de Chicago où la vie est pire qu'en enfer admettent que le Libre Mar

Mais Tobold qui était le Libre Marché en personne, ne se laissa point déstabiliser par ma sortie, il lui en fallait plus. Là n'est pas la question, dit-il (où était-elle?), et il se lança, l'air supérieur, dans un exposé didactique (que je n'écoutai qu'à moitié, l'autre moitié de mon esprit livrée au caressant Bob De Niro), un exposé sur les images, lesquelles présentaient cet avantage énorme, écris-le, de déclencher les réflexes sans solliciter l'esprit, ou fort succinctement, et qui, de plus, écris-le, avaient une rentabilité deux cents fois supérieure à celle du *logos* (mot que je lui avais appris et que présentement il étrennait, non sans plaisir) puisque: un, elles abrégeaient les arguties, deux, elles n'exigeaient nulle compétence, trois, elles étaient compréhensibles aussi bien des sauvages bantous que des habitants de Nailloux, quatre, elles menaient le ramas des humains comme une troupe d'oies. Capito?

Oui oui oui, opinai-je en hochant vigoureusement la tête afin de compenser l'inintérêt total que mon visage devait trahir.

Tu peux m'appeler Jim.

Oui Monsieur, dis-je.

15

Tobold disait vrai, j'étais paumée.

Avant d'accepter ce travail près de lui, j'avais conjecturé que je pourrais rester étanche à ses paroles tout en profitant de la manne, j'avais imaginé que je saurais dissimuler l'aversion que m'inspirait le monde des affaires sous le masque nonchalant de l'écrivain, et qu'il me serait facile de mimer un vague intérêt pour les variations du Dow Jones sans que ce mensonge m'affectât.

En un mot, je croyais pouvoir négocier avec moi-même.

Je m'abusais.

Le travail d'hagiographe pour lequel Tobold m'avait engagée et toutes les informations financières que j'étais contrainte d'ouïr et, par-dessus le marché, de célébrer, m'inspiraient depuis le début, je l'ai déjà dit, un sentiment proche de la répulsion.

Pendant près de deux semaines, je fis ma valise tous les soirs dans l'intention de m'en aller, puis la défis tous les soirs, poussée par un obscur regret, puis la refis, puis la défis, puis la refis et la défis, puis la refis et la défis, et ainsi une bonne douzaine de fois.

Je me souviens même que, trois jours après mon arrivée, je téléphonai en pleine nuit à Tobold, qui occupait une chambre trois étages au-dessous de la mienne. Je comptais lui annoncer que, fini la comédie, mon départ était imminent et ma décision prise, que la société des gens d'affaires et leur culte exclusif du rentable m'écœuraient au-delà de toute mesure, que le prosaïsme qui leur faisait confondre plénitude et remplissage me rebutait profondément, sans compter que la vulgarité qu'ils étalaient sous un vernis de courtoisie me faisait, tout simplement, horreur. Entre vous et moi, un gouffre ! lui lancerais-je.

Mais lorsque Tobold répondit, je raccrochai précipitamment et sans proférer un seul mot.

Irrésolue, amère, me reprochant mes faux-fuyants, me reprochant la flaccidité de ma conscience, je passai une nuit tourmentée.

Il y en eut bien d'autres.

Je dois cependant avouer que le sentiment d'aversion que j'éprouvais les premiers jours ne dura pas longtemps dans l'état de pureté que je viens de décrire. Il se mêla bientôt, je ne saurais le nier, il se mêla d'une trouble attirance pour le luxe qui m'accueillait, à bras ouverts, si j'ose dire. Ce cher Montaigne avait raison, qui écrivait que nous, notre jugement et toutes choses mortelles allions coulant et roulant sans cesse. Car, peu à peu, j'allais coulant et roulant vers une secrète fascination pour toutes les voluptés que la richesse de Tobold m'octroyait, voluptés au sommet desquelles je plaçais les viennoiseries du petit déjeuner qu'on me servait au lit sur un plateau d'argent avec un jus de fruits exotiques, toutes sortes de confitures et un café au lait des plus délectables. Je suis en train de me damner pour des viennoiseries, me disais-je. Les hommes se damnent pour des viennoiserie et autres semblables frivolités, me disais-je, en trempant mon croissant dans une tasse en porcelaine de Saxe. Et ce disant, je n'éprouvais rien. Sur l'instant, je n'éprouvais rien. Que de subtiles et délicieuses sensations gustatives.

Pour décrire avec plus d'exactitude mon état d'esprit du moment, je dirais que, si la corvée dont je m'acquittais auprès de Tobold le roi du hamburger continuait de m'être affreusement ingrate, les privautés et privilèges dont s'assortissait mon nouveau train de vie déclenchaient en moi de perpétuelles (et coupables) convoitises.

À présent, je vacillais.

Je pouvais passer alternativement et dans le même jour de l'angoisse la plus déchirante à un émerveillement de midinette (devant une jupe à la mode), de l'audace intérieure la plus folle (je n'avais d'audaces qu'intérieures) à la plus veule des servilités.

Regardant mon passé, je cherchais encore à me raccrocher à quelque chose qui me donnerait la force de dire non à la tentation la plus enivrante, la plus séduisante, la plus captivante qui fût, je suis formelle sur ce point: la tentation du luxe et de ses splendeurs. Mais je n'y voyais rien qui pût me donner la force d'y résister: pas d'enfant, pas d'amour et bien peu de plaisirs car ma vocation littéraire exigeait (croyais-je alors) une vie austère et le renoncement concomitant aux diverses dissipations (surtout sexuelles) qui auraient pu lui porter préjudice.

Quant au présent, il m'écartelait.

Mes justifications partaient en miettes tandis que mes contradictions ne faisaient que grandir. Et la nuit, dans la solitude de ma chambre, je les tournais et les retournais comme si l'opulence dans laquelle je baignais exaltait la vigilance de mon esprit à ses propres déchirures.

Je sonnais Antonio. J'aimais beaucoup Antonio. Il était

espagnol. Natif de Jaen. Gladiateur dans l'âme et serveur de métier. J'aimais beaucoup les Espagnols. Cervantès, Quevedo, Gracián, Manrique et d'autres moins célèbres m'avaient, plus d'une fois, sauvé la mise. Lorsque j'étais triste. En novembre. Au moment où la saison littéraire battait son plein, passons. Je demandais à Antonio de me servir un verre de champagne, por favor, puis deux, puis trois, puis quelquefois quatre, ou plus.

Je me laissais choir sur le lit, les membres en croix, morte.

Et à mesure que mon sang s'échauffait, je sombrais dans un lyrisme muet, brassant des pensées de plus en plus sombres, et qui toutes tournaient autour d'un même point : mon incapacité à faire tenir ensemble, si j'ose dire, mon existence.

J'avais beau m'y efforcer, je ne parvenais pas à articuler dans un processus cohérent les discours prophétiques que Tobold me dictait le jour et les poèmes de Rainer Maria Rilke que je me récitais la nuit en regardant la lune, non, je mens au sujet de la lune. Je ne parvenais pas à concilier le regard critique que je m'efforçais de porter sur le monde avec la dévotion sans mesure de Tobold pour le Libre Marché. Je ne parvenais pas à faire la jonction entre les temps austères de ma vie d'avant et le régime fastueux de ma vie présente, entre mon sens inné de l'équité et mon appétit tout neuf pour le luxe et ses cent mille voluptés. Tous les efforts que j'accomplissais pour aplanir ou dépasser ces contradictions ne faisaient que m'y empêtrer davantage, et je crus devenir complètement cinglée.

Seule dans mon tourment, car mes anciens amis, je l'ai déjà dit, s'étaient éloignés de moi, offusqués par ce qu'ils appelaient mes courbettes devant le patronat ou, pis, mon collaborationnisme, je butais contre un dilemme qui était, semblait-il, vieux comme le monde, battu et rebattu, archi-rabâché, archi-banal et archi-romantique : Brutus et Érostrate, les mains sales, la tragédie de Lorenzaccio et le masque ignoble du vice qui colle à la peau du pur et s'insinue dans ses veines jusqu'à pénétrer son cœur. Mais cette situation se présentait à moi pour la première fois, et je me sentais, pour y faire face, totalement désemparée.

Les parents qui m'avaient élevée, les liens patients que j'avais tissés avec quelques écrivains de ma génération (fort peu, à vrai dire), la littérature que j'aimais et qui me tenait debout, rien de tout cela ne m'avait d'aucune façon préparée à l'univers que Tobold le roi du hamburger me faisait découvrir.

J'avais l'impression, depuis que je vivais en sa présence, d'avoir passé la moitié de ma vie dans ce que Tobold appelait l'Ancien Monde, et qui m'apparaissait, vu d'ici (de New York), comme une kermesse de province où des enfants montés sur d'antiques manèges débordent de joie devant des vieillards qui les regardent, émerveillés.

Mais en même temps, l'extension du domaine marchand que Tobold, depuis le Nouveau Monde, annonçait comme *La Bonne Nouvelle* me semblait totalement barbare puisqu'il laissait sur le carreau 3 milliards d'êtres humains.

Pourquoi, alors, restais-je ?

Quel sortilège m'attachait ? Et pour quelles raisons ne cherchais-je pas à le rompre ?

Les jours sans illusions, je me disais que la force qui me fixait à Tobold le roi du hamburger n'était rien d'autre que paresse d'âme, inertie fascinée, et que je m'y abandonnais comme on s'abandonne à la mort, dans un mouvement résigné et fatal.

D'autres fois, j'invoquais, plus platement, le plaisir imbécile que j'avais à me frotter à des célébrités, à côtoyer ce qu'on appelle communément le grand monde (lequel, dans l'espace d'un siècle, avait quitté les beaux quartiers de l'aristocratie pour occuper ceux, autrement vulgaires, de la finance et du star system), avide que j'étais de paillettes, de strass, d'amours scandaleuses et de soirées people, toutes choses qui sans doute venaient donner corps à mes confus et inavoués désirs de gloire.

Lors de mes rares moments de clairvoyance, je pensais que l'attirance trouble à laquelle je succombais, toute rôtie, s'expliquait le plus prosaïquement du monde par mon envie de profiter de tout ce luxe offert (luxe dont je me délectais surtout lorsque je séjournais à New York puisque, loin de mes anciennes connaissances, je n'encourais pas leur vertueuse désapprobation).

À quoi se mêlait, sans doute, un sentiment très rassurant de paterne protection que la mâle assurance de Tobold le roi du hamburger, jointe à sa fortune immense et au soleil de sa puissance, comme on disait dans les gazettes, m'inspirait en secret.

Amour de la brute, aurait dit le philosophe, amour de la puissance de nuire et d'écraser, amour de la méchanceté comme promesse de force et promesse de meurtres, ce n'est pas de gaieté de cœur que j'écris ces phrases qui, probablement, me discréditent à tout jamais.

En tout cas, et quelle qu'en fût la raison, ma volonté de partir, ferme aux premières heures, s'affaiblissait de jour en jour.

Et je crois que Tobold, avec cette intuition sauvage qui était la sienne, percevait en moi cette lente transformation puisque, à son projet de me voir écrire ses évangéliques Mémoires, s'ajouta désormais celui de me convaincre, de m'initier aux joies fortes du Capital afin que j'en épousasse les logiques et que je guérisse définitivement de ce qu'il appelait, avec une grimace de dégoût, mon rigorisme.

Me gagner à sa cause, obtenir mon assentiment, pénétrer mon esprit comme le fog de Londres les âmes, guider mes pas innocents dans les arcanes de la finance internationale, m'en inculquer les rudiments et, pourquoi pas?, m'y faire jouer un rôle, fut désormais l'un de ses divertissements les plus récréatifs.

Il n'y aurait, pour lui, revanche plus joyeuse que celle prise sur une intellectuelle tourmentée d'absolu (ainsi me voyait-il) se ralliant à ses vues après les avoir véhémentement accusées.

Il n'y aurait, à ses yeux, victoire plus exquise que celle remportée sur la littérature que, selon lui et pour démesuré que cela me parût, j'incarnais.

Et s'il gagnait, comme il en était sûr, il la ferait descendre (la littérature) sur terre. Voilà ce qu'il disait. Avec le geste de l'écraser. Du talon.

16

Tu vois, là, l'enfant aux yeux de peur, c'est moi, à trois ans, avec ma mère, sur le Pont-Neuf. Au fond, c'est la Garonne.

Nous feuilletâmes ensemble l'album que Tobold avait exhumé pour moi du fond d'un placard et qui était le seul objet qu'il possédât de son enfance.

Et Tobold, cette nuit-là, entre minuit et trois heures du matin, se confia.

Ce fut sa première faiblesse.

Là, c'est moi à huit ans, j'ai l'air minable, je suis fringué comme un pauvre, je porte la veste en skaï rouge que ma mère a confectionnée, je reviens de l'école, ma maîtresse d'école s'appelle Mme Gaget, les enfants de bourgeois dans leur manteau coûteux me regardent avec mépris et repoussent mes avances sans que j'en comprenne la raison, je porte en moi un malheur qu'aucun adulte ne perçoit, c'est pourtant un malheur qui crève les yeux, sur la photo, regarde, ce malheur crève les yeux, mais aucun adulte ne le perçoit et ma mère moins que quiconque, murmura Tobold en regardant la photographie avec les yeux de ceux qui visitent de sales souvenirs.

Puis, avec une émotion que je ne lui avais jamais connue, Tobold le roi du hamburger me parla de son infâme enfance à Toulouse, de son infâme père qui refusa à sa naissance de le reconnaître et de son infâme mère qui, ayant interdit en guise de rétorsion l'accès de sa chatte à cet alcoolique (car il la rouait de coups), l'autorisa (l'accès de sa chatte) à son voisin de palier, un Portugais chargé de l'entretien de la cage d'escalier et du local poubelle, sa vie commençait bien.

Ma mère, me confia-t-il, me fit longtemps gober qu'elle m'avait conçu sans l'intervention d'aucun homme, mais simplement en entrant en communion spirituelle avec une photo d'Alain Delon, il paraît d'ailleurs que j'en ai les manières, ce qui ne laisse de me flatter, et ma mère citait pour m'en convaincre d'autres naissances fantastiques, celle de Bacchus engendré dans une cuisse, celle de Croquemouche sorti d'une pantoufle, celle d'Adonis né d'une écorce d'arbre ou celle de Jésus conçu dans l'oreille de Marie. Et comme un con je la crus, dit Tobold, je la crus parce que le malheur vous pousse à croire en n'importe quoi, retiens ça, mon petit, le malheur vous pousse à croire en n'importe quoi. Et ce n'est qu'à mes dix ans que ma mère m'avoua le secret honteux de mon engendrement. J'en fus, tu t'en doutes, anéanti.

Je notai avec enthousiasme tous les détails que Tobold le roi du hamburger me révélait. Avec enthousiasme, disais-je, car je connaissais l'engouement des foules lectrices (foules lectrices avais-je écrit, optimiste, car je continuais à m'illusionner bien que la réalité m'administrât régulièrement de cruels démentis), l'engouement des foules lectrices pour les vies malheureuses, frappées par le suicide, les abus sexuels (surtout le viol, le viol d'enfants, perpétré par des prêtres, chauves de préférence, à la poitrine velue et au sexe énorme, avec une expression horrifique sur un visage convulsé de lubricité), le meurtre, la maltraitance ou la déroute financière. Et je risquais une explication (un peu tirée par les cheveux) qui lui gagnerait la sympathie des foules lectrices, espérais-je, et donnerait un sens pathétique à ce qui pouvait paraître, à première vue, odieux: peut-être était-ce, écrivis-je, parce qu'il avait cru jusqu'à l'âge de dix ans à son origine fabuleuse (être né d'une image) que Tobold affectionnait aujourd'hui les images et, par-dessus tout, la sienne propre, voilà ce qui s'appelle une interprétation psychopathologique, que je retire aussitôt, avec mes plus humbles excuses.

Le fait est que j'avais surpris Tobold plusieurs fois en train de contempler, hébété, l'immense portrait accroché dans le hall du siège qui le montrait en buste, un cou comme ça, les muscles pectoraux anormalement développés sous la chemise (gonflés aux stéroïdes?), le visage triomphant d'un homme qui vient d'abattre un fauve (ou un concurrent), et autour de la tête, un nimbe circulaire des plus anachroniques, sorte d'énorme œuf au plat, pareil à l'aura qui chapeaute les saints sur les gravures pieuses, ridicule.

Tu vois là, me dit-il en me montrant une nouvelle photographie, c'est moi avec Pierre dans la classe de Mme Verdier, qui nous pinçait les joues dès que nous remuions, nous étions les deux cancres, les deux agités de la classe, les deux cas sociaux, casse-tête pour la DDASS et terreur des enfants sages.

Tobold resta une nouvelle fois silencieux, les yeux brumeux, avant de reprendre son mélancolique récit.

Petit, je détestais l'école.

Adolescent, je la désertais.

Avec l'aide de Pierre, qui vivait dans la même cité que moi, j'avais organisé un trafic de mobylettes volées et rassemblé en peu de temps un beau petit pactole. Ce butin me mit dans une joie telle qu'elle me fit sortir de moi-même. Une allégresse si grisante, si bouleversante que je ne pus savoir quelle en était l'essence. Un bonheur comme jamais je n'en avais connu, jamais. Je comptais et recomptais chaque jour, exalté, ébloui, mon trésor. Tu ne peux pas comprendre, je crois que personne ne peut comprendre le sentiment de liberté et de puissance qu'alors je ressentis. Je sus, dès ce moment, mon petit, sans vouloir me vanter, que mon amour pour l'argent, j'ai bien dit mon amour, était exceptionnel. Ma mère m'avait transmis la terreur d'être pauvre et la rage d'acquérir tout ce dont la pauvreté l'avait honteusement privée, et sur ce point précis, le seul en vérité, je peux affirmer qu'elle réussit mon éducation au-delà de toutes ses espérances, et à ces mots il éclata de rire.

Le récit de Tobold me touchait. Je trouvais enfin dans son existence des éléments qui résonnaient en moi, que j'étais en mesure de comprendre et qui me rappelaient, à plus d'un titre, ma propre vie. J'étais née, moi aussi, dans une famille pauvre. J'avais souffert d'un père violent. J'avais grandi dans une cité triste. Je connaissais le gris des murs qui contamine l'âme. Le désert des dimanches. La honte de porter des habits mal taillés.

J'avais dû, comme lui, déployer des efforts surhumains pour m'arracher au destin qui m'était assigné : entrer à seize ans à l'usine de chemises Lacombe-Fils, à Auterive, Haute-Garonne.

J'avais dû, comme lui, dissimuler aux autres mes basses extractions, ce qui expliquait en partie cette prudence à parler qui nous était commune et qui limitait le plus souvent nos discours aux sujets de première nécessité, prudence à parler dont nous parvenions à nous défaire, lui en buvant, moi en écrivant des livres dans une langue très oublieuse de ses origines.

J'avais dû tout apprendre des règles implicites qui

arbitraient le monde littéraire dans lequel, depuis dix ans, j'évoluais, sans parvenir réellement à m'y plier, sans parvenir à m'y sentir à l'aise, toujours gauche, mal assurée, d'une timidité native, refusant de mon propre chef de fréquenter la fine fleur des gens de lettres, ce qui passait pour une mise à l'écart du milieu, souffrant de cette méprise qui faisait de ma réclusion volontaire un ostracisme subi, supportant aussi mal de demeurer solitaire dans mon appartement que de me voir contrainte d'en sortir, et toujours d'une discrétion et d'une modestie parfaites, lesquelles faisaient dire à mes voisins : Elle n'a pas l'air d'un écrivain.

Mais tandis que Tobold se vengeait de son enfance de désastre en courant comme un damné après l'argent dont il avait manqué, je me vengeais de la mienne en la réinventant dans de taciturnes récits (j'avais tendance à noircir les choses, et ce pour les rendre plus éclatantes et belles, plus extrêmes, plus espagnoles, *sol y sombra*).

Très tôt, écrivis-je dans mon carnet, le goût de l'argent et celui du pouvoir se manifestent dans le cœur de Tobold, les deux comme enracinés dans le tréfonds de son être (aussi enraciné, aussi inexplicable et véhément qu'en moi le goût des livres).

Tobold veut faire provision de tout, écrivis-je, car il m'arrivait, les rares fois où je ne me sentais pas observée, de m'abandonner au pur plaisir de digresser, mais Tobold avait cette faculté d'accomplir plusieurs choses en même temps, parcourant d'un œil le *Financial Times*, étudiant sur dossier les conséquences d'un rachat, tout en interpellant son chien Dow Jones (le seul être vivant de qui il sollicitât l'opinion), houspillant par habitude Cindy au téléphone et me faisant du doigt le geste impérieux de noter, si bien que j'avais la pénible impression que, quoi qu'il fasse, j'étais toujours sous son contrôle.

Tobold veut tout prendre, écrivis-je. Tout rafler. Et l'argent qui lui manque, il se voit contraint de le voler. Il a douze ans. Et quelques aptitudes.

La nuit, il se compose, devant la glace, un visage dur. Regard glacial. Bouche sévère. Rictus mauvais.

Il se rase le crâne. Et sa mère hurle de peur en le voyant.

Il apprend à faire peur. Il y prend goût. Il apprend à dominer par la peur. Il s'endurcit. Le juge pour enfants le sermonne. Il ne pleure pas. Il ne pleurera plus jamais. Il entoure son poignet droit d'un bracelet de cuir noir.

Un jour, Joé, le plus costaud de la bande, le traite de bâtard. Les autres rient. Tobold a le sentiment que tout le restant de sa vie va dépendre de sa réponse. Il envoie son poing dans la gueule de Joé. Joé tombe à terre. Il le frappe à coups de pied. Il est féroce. Tout ce qu'il a accumulé de honte et chagrin, il le projette en coups de pied sur le corps affaissé de Joé. Il devient le chef. Il a quatorze ans. Il imite les gestes de Sterling Hayden dans *Asphalt Jungle*. Il apprend à dealer. Il deale. Violemment. C'est sa passion. Il a le génie du deal. C'est un art, dit-il, au même rang que les autres arts. Il deale, c'est-à-dire qu'il fait, comme on dit poliment, travailler l'argent. Il fait travailler l'argent, et quelquefois à mort. Blood money.

Mais les affaires sont les affaires. Culminante parole de Tobold le roi du hamburger. Les affaires sont les affaires comme Dieu est Dieu. Inexplicable. Indémontrable. Indiscutable. Au point qu'il suffit à Tobold d'énoncer: Les affaires sont les affaires pour museler à l'instant blâmes et récriminations.

Grâce au fric des affaires qui sont les affaires, Tobold, à vingt ans, acquiert la gérance du *Paradise*, une boîte de peep-show, à Pigalle, grâce à laquelle il réalise une prompte fortune. Tobold a assimilé, avec l'âpre volonté des autodidactes, la langue abstraite du profit si étrangère à la plupart des hommes, et compris mieux que personne les rouages du Libre Marché.

Il s'est, enfant, jugé si bas, qu'il n'a de cesse de vouloir monter plus haut, plus haut, toujours plus haut, jusqu'à la plate-forme ultime (elle n'existerait pas que je n'en serais que modérément surprise). Voici enfin la touche psychologique qui manquait à l'ensemble (il était temps). Avec cette autre : son drame enfantin va trouver enfin une forme d'issue. Tobold vérifie qu'en affaires il n'est pas légitime ou bâtard, il n'est pas fils de quelqu'un ou fils de rien, il n'est pas parvenu ou riche de naissance, il est tant d'argent, point à la ligne ! Et c'est une extraordinaire délivrance.

À vingt-cinq ans, il part aux États-Unis. Avec Cindy.

Il y fonde une chaîne de fast-foods qu'il appelle *King Size* car il aime, c'est un enfant, tout ce qui est gros et grand.

Puis il crée de nombreuses filiales, étend son capital à d'autres sphères du marché agroalimentaire en rachetant les sociétés *Yop*, *Flunch*, *Quick* (on dirait une chanson de Gainsbourg) et quelques autres, et se lance en 2003 dans le marché de la communication et de la haute technologie.

Aujourd'hui, son écrasante notoriété s'étend aux quatre coins du globe.

Il est le plus gros propriétaire du monde.

Et le plus craint.

Mais la nuit, il suffoque d'angoisse. Sera-t-il un jour à ses propres yeux un vainqueur, lui qui souffrit, enfant, de tant de rabaissements ? (on serait à deux doigts de le plaindre).

En attendant, il commande aux banquiers et les banquiers lui obéissent. Il commande aux ministres et les ministres lui obéissent. Et s'il ne commande pas aux vents, aux mers, aux marées et aux tempêtes d'équinoxe, c'est faute de temps et d'intérêt (dit-il).

Il n'a qu'à dire un mot, un seul mot, par exemple Délocalisons, et deux mille ouvriers se retrouvent, instantanément, sur le carreau, c'est à ne pas y croire !

Il n'a qu'à dire un mot, un petit mot, par exemple Traître, et la tête de Ron Ronald tombe à terre, pof, et tous ses directeurs l'approuvent, morts de trouille, que votre cruauté soit faite et votre règne sanctifié.

Il n'a qu'à dire un mot, juste un mot, par exemple Gain, au hasard, ou Capitalisons, et toutes les nappes phréatiques du Rajasthan s'assèchent, c'est de la magie pure.

Il n'est donc point exagéré de dire que le pouvoir de Tobold le roi du hamburger est mille fois supérieur à celui qu'on prêta à l'Incarné, dont les miracles, comparés aux siens n'étaient, si je puis me permettre, qu'une plaisanterie.

Tobold règne.

Mais une insatisfaction le ronge. Il n'est pas le maître du monde, mais seulement de sa moitié, merde alors.

17

Un monde s'abîme, déclama Tobold, prenant ce ton oraculaire qu'il affectionnait depuis quelques mois, note-le. Un monde s'abîme, qu'on l'enterre. Mais un autre naît, porté d'un mouvement incompressible par le Libre Marché qui va balayer les derniers principes chrétiens, lesquels se montrèrent incapables durant plus de vingt siècles de contrecarrer le cynisme des pulsions humaines et de déraciner l'horreur sise en nos cœurs (mais à qui avait-il emprunté cette phrase ?).

Le deuxième Testament est caduc si l'on excepte sa théorie de la propagande, écris-le, mon petit. Et comme je restais frappée de stupeur, Le deuxième Testament est caduc, tout le monde le sait mais personne n'ose le dire, fit-il pour enfoncer le clou. Sa survie est comptée, son ordre dépassé. L'ère chrétienne est morte, conclut-il en tapant du poing sur son bureau.

Mais, objectai-je, rompant l'étiquette qui réglait nos rapports d'où tous les «mais» et autres formulations de réserve étaient rigoureusement bannis, comme en Chine.

Il n'y a pas de mais. Les hommes désormais ne veulent plus d'un ciel qu'ils savent vide. Ils préfèrent un panier garni. À ces mots, il éclata d'un rire sardonique. Et je m'entendis, en écho, rire à mon tour, quand j'aurais dû

105

regimber, discuter âprement, contester pied à pied et sans lâcher ma prise. Mais j'étais dans un état nerveux lamentable, et pleutre par nature, je l'aurai assez dit.

Je fus récompensée de ma bonne humeur par une petite tape de Tobold sur mon épaule. D'ici à ce qu'il m'appelât son toutounet!

Puis il continua, fort inspiré: Demander aux hommes d'aimer leur prochain équivaut à leur demander l'impossible et à fortifier en eux les œuvres de la haine qui naissent de l'échec et de la frustration. Pas vrai mon toutou? demanda-t-il au chien Dow Jones qui dormait à ses pieds, le menton posé sur ses pattes. Tu dors, mon chéri? Dow Jones ouvrit à demi son œil droit (je crus y percevoir la lueur fugitive du sarcasme), mais demeura d'une immobilité parfaite.

Les hommes ne s'aiment pas, écris-le. Et vivre ensemble leur est une pénitence. Quand saura-t-on l'admettre? J'eus un soupir. Ne m'interrompts pas à tout bout de champ, m'ordonna-t-il. Les hommes sont méchants très volontairement, écris-le. Et leur soi-disant bonté n'est qu'une méchanceté qui dort ou se repent. Les hommes sont méchants car leur méchanceté, tout simplement, les rend heureux, écris-le. La méchanceté les fait jouir, écris-le. La méchanceté les fait bander. Ça te la coupe? Tu t'y feras, tu t'y feras. Et dans leur quête de jouissances, les hommes peuvent même devenir monstrueux, ou complices du monstre, ce qui revient au même. À Dow Jones: Qu'en penses-tu? Je crus un bref instant qu'il s'adressait à moi. Tu donnes ta papatte à ton petit papa? Tu donnes ta petite papatte? D'ailleurs que vaut-il mieux? Abominer les autres ou se haïr soi-même? La réponse, il me semble, va de soi. Les hommes sont méchants, mon petit, et je ne vois que l'intimidation pour les rendre acceptables, ou les bienfaits de la marchandise,

106

laquelle en les gavant apaise un court moment leurs désirs d'infini, comme dit le pouet-pouet. (Je ne relevai pas la remarque. Du reste je ne relevais jamais rien, et la tête moins que le reste. C'était *my creative method* pour avoir la paix, une méthode éprouvée, il me semble, et fort répandue, à ce qu'on dit.) Me voici retombé sur mes pieds. As-tu bien tout noté ?

Je, dis-je en avalant anxieusement ma salive. (Je ne m'exprimais plus que par monosyllabes.)

Le temps est donc venu (décapsulant une canette de bière) de réviser nos dogmes et d'implanter les bases d'un troisième Testament dont tu seras, ma jolie, la consignataire, un troisième Testament, répéta-t-il, se signant de son pouce, moins pathétique et plus terrestre, mieux accordé à nos désirs concrets, indéniablement plus jouisseur que ne l'était le précédent, ce qui n'est pas bien difficile, hi hi hi, et qui annoncera le triomphe absolu du Libre Marché, amen.

Puis, sans transition, il se leva de son fauteuil et avec l'expression de qui vient de jouer un mauvais tour, il se mit à chantonner money money, money money, la la la la la, mais il fut coupé dans sa joyeuse improvisation par un appel de sa secrétaire Joséphine, qui le prévenait de l'arrivée de l'émissaire d'Hugo Chavez, lequel attendait, digne et perpendiculaire, dans le salon de réception.

Tobold s'interrogea à voix haute sur l'opportunité d'être aimable ou non avec un communiste.

Il décida que non.

Non.

Car il avait flairé, immédiatement, l'ennemi. Je flaire immédiatement l'ennemi, me dit-il, note-le. Tobold, écrivis-je, est animé d'esprits animaux fort vivaces qui lui font pressentir le danger.

Il demanda qu'on fît poireauter le communiste encore un bon quart d'heure avant de l'introduire. Ça lui fera les pieds, commenta Tobold qui connaissait parfaitement les manœuvres d'intimidation les mieux éprouvées et les quelques façons de dominer autrui par de fort rudimentaires moyens.

Un quart d'heure après, l'émissaire entra dans le bureau, précautionneusement, et comme s'il marchait sur un terrain miné, Je vous écoute.

Grave comme un séminariste et cérémonieux comme un pauvre, il s'assit du bout des fesses et, surmontant sa timidité, expliqua qu'il faisait la tournée des sommités de ce monde afin de les alerter sur la crise énergétique sans précédent qui secouait la planète et dans laquelle se combinaient, effroyablement, la diminution des réserves d'hydrocarbures et l'augmentation de leur consommation, je ne sens pas ce type, me lança Tobold (en français et sans autre précaution). Or l'augmentation de leur consommation, dit l'envoyé dont le cou s'enfonçait progressivement entre les épaules, l'augmentation de leur consommation entraînait une augmentation du réchauffement planétaire qui entraînait une augmentation de la température océanique qui entraînait une augmentation de la force des ouragans qui entraînait une augmentation du nombre des digues emportées qui entraînait une augmentation du chiffre des noyés

Qui entraînait l'augmentation de l'impatience de Tobold, me dis-je en voyant celui-ci tapoter le cendrier de ses doigts, consulter sa montre et la reconsulter, puis placer nerveusement la tranche des dossiers parallèlement au rebord du bureau, signe qui était de fort mauvais augure.

Or, dit l'envoyé d'Hugo Chavez avec un air d'extrême

dignité (l'air qu'arborent en général, me dit Tobold après l'entretien, ceux-là qui dénoncent le pire comme s'ils l'espéraient), il est inadmissible de sacrifier l'espèce humaine au nom du maintien démentiel d'un modèle économique démentiel aux capacités destructives démentielles. Aussi, dit l'envoyé qui, comme tous les enflammés de la politique, semblait inconscient de l'agacement qu'il suscitait chez les autres, aussi il nous paraît suicidaire de prescrire ce modèle comme un remède infaillible à des maux dont il est, très précisément, la cause et

Vous en avez un autre ? éclata Tobold, tandis que sa main droite gagnait la place d'un pistolet. Dow Jones, à ce cri, se mit à aboyer. Vous avez trouvé une solution plus constructive ? Dow Jones se leva en continuant d'aboyer, et se planta, babines frémissantes et crocs découverts, devant le malheureux Vénézuélien. Vous avez l'amorce d'un programme différent ?

Tobold s'arracha de son siège avec une soudaineté que ne laissait pas supposer sa corpulence (j'ajoute en passant qu'il dansait à la perfection, particularité fort rare chez les grands patrons, imagine-t-on Louis Gallois se lançant dans un twist endiablé ?), ouvrit en grand la porte, qu'on en finisse, et congédia sans façon l'importun, hasta la vista. Il n'allait pas laisser gâcher son optimisme par un petit morveux à la solde des marxistes et, qui plus est, d'origine inca !

Puis il décapsula une nouvelle canette de bière, s'affala, jambes ouvertes et bras ballants dans son fauteuil royal, S'ils croient qu'ils vont réussir à me démonter !, et se lança dans l'exposé des raisons qui fondaient son inébranlable optimisme et sa croyance dure comme ça (il désigna son sexe) en la Libre Économie.

Comme quoi ? dis-je afin de me ménager un entracte avant l'exposé du dogme dont je savais qu'il allait suivre.

Comme ma pine, dit-il, tu sais ce que c'est qu'une pine ? tu en as déjà vu ?

J'en ai vu ballotter quelques-unes, Monsieur, dis-je pour rester dans le ton. Avec des configurations et des couleurs diverses (je me dessalais à grande vitesse).

Des couleurs diverses ! s'exclama-t-il. Comme tu y vas !

Après cette brève diversion, nous retournâmes à l'argumentation théorique, Tobold étant coutumier de ce va-et-vient mental, L'homme, soyons sérieux, dit-il, l'homme, mon petit, n'a besoin que d'habitudes et non d'une morale qui lui ment. Car ce que la morale ne peut, les habitudes l'obtiennent. Et les habitudes s'imposent aisément. Il suffit, c'est tout simple, de vider les êtres d'eux-mêmes et

Si je puis me permettre une opinion personnelle, l'interrompis-je.

Les hommes, du reste, n'ont jamais été si dociles, poursuivit Tobold qui se fichait comme d'une guigne de mes sagaces et personnelles opinions. Ils font ce qu'on leur dit de faire, consomment ce qu'on leur dit de consommer, et se conforment gentiment à l'absurdité générale. Qui plus est, li-bre-ment. It's marvelous, isn't it ?

Il faut reconnaître, dit Tobold, que les images de la pub les y aident quelque peu, note-le, mon petit. Il en est de toutes sortes. Pour tous les goûts. Tous les climats. Toutes les appartenances. Et pour répondre à toutes les angoisses. It's impressing.

Sans compter que ces images, note, note, tu es dans la lune ?, ces images ont, pour nos yeux insatiables, une force d'entraînement hors du commun (c'est à peine si j'écoutais) et un empire sur nos âmes qu'aucun pouvoir jusqu'à présent n'avait . . . .

. . . .

. . . .
. . . .
. . . .
. . . .
. . . . l'as-tu noté?

Oui oui, affirmai-je, alors qu'en proie à des spéculations lascives j'avais perdu le fil depuis un bon moment et naviguais à mille lieues des images de hamburgers au fromage, mais tout près, en esprit, du visage bien-aimé de Bob (De Niro).

Ne sont puissants, continua-t-il, sentencieux, ne sont puissants que ceux qui fabriquent des images, lesquelles boostent l'économie et imposent leurs marques au monde. Il faut que tu saches, mon petit, que *King Size* dépense plus en pub et marketing que n'importe quelle autre firme. J'ai ainsi ravi à Coca-Cola la place de la marque la plus célèbre du monde.

Merveilleux, dis-je, car je pensais toujours à Bob (De Niro) et à sa façon d'accompagner chacun de ses éloges d'un langoureux mouvement de tête, mon chéri.

18

Un jour de décembre (pourquoi ce souvenir s'est-il si nettement gravé en ma mémoire?) Pierre Barjonas entra dans le bureau, le front soucieux.

Mon frère André et moi avons tout quitté pour te suivre, comment serons-nous payés en retour? demanda-t-il à Tobold, tout à trac.

Tobold, qui tenait d'une main son téléphone portable et de l'autre bouclait les poils de sa poitrine, pieusement répondit:

Celui qui aura quitté son père et sa mère, sa femme et sa marmaille, ses frères et ses sœurs, et qui l'aura fait pour moi, celui-là bénéficiera d'un énorme retour sur investissement. Quant à toi, je t'ai sorti de la boue, installé comme un prince, offert des passe-droits fabuleux, accordé des indemnités mirobolantes, et je t'ai fait profiter d'un million de stock-options qui t'ont rapporté, sur la base du cours actuel, plus de 200 millions de dollars. Aujourd'hui tu es riche, alors fais pas chier. Tu es plus riche qu'hier et bien moins que demain, car tu es directement intéressé aux bénéfices de la firme, lesquels ne cessent d'augmenter puisque le fric, comme tu le sais, appelle le fric.

Après quoi, Tobold déclina devant Pierre la liste interminable de ses actions, placements, parts de marché et autres mirifiques possessions. Et Pierre laissa choir le magazine de femmes nues qu'il avait dans ses mains. Et son visage entier s'illumina de joie.

Je ne saurais dire pourquoi, mais Pierre Barjonas m'inspirait une forme d'appréhension que j'avais le plus grand mal à dominer.

Peut-être devinais-je qu'il avait abdiqué toute sa liberté pour vivre en quelque sorte aux crochets de Tobold le roi du hamburger (je savais qu'il fallait craindre le pire de ceux qui se soumettent par calcul).

Ou peut-être, c'était le plus probable, sa situation de captif comblé me rappelait-elle trop précisément la mienne (j'étais folle à l'idée qu'il pût me regarder comme pareille à lui en servitude et partageant le même opprobre).

La seule vue de son visage, en tout cas, m'inquiétait, qui était aux antipodes du visage de Cindy, tout en suavités, en rondeurs, en fleurs, en fruits, en bourgeons, en roseurs et en délicatesses. Et dès qu'il entrait dans le bureau de Tobold, je prenais d'instinct l'immobilité des enfants que la peur paralyse.

Pierre Barjonas avait un nez aigu, les yeux d'une mobilité extrême, des gestes à ressorts d'insecte, et quelque chose de brusque et de précipité dans toute sa personne qui annulait immédiatement toute idée de douceur.

Il était l'ami d'enfance de Tobold, son valet de comédie, son pitbull fidèle, son repoussoir, son faire-valoir, son public enthousiaste, le golden boy qui cotait sa valeur au plus haut, le complice madré avec lequel il déjouait les manœuvres hostiles, le seul mortel à l'appeler Toboldinet, le seul sur terre qui fût autorisé à le battre au poker, le seul avec lequel Tobold, dans l'enfance, avait comparé

son membre viril (pour le déclarer plus grand), son frère
de cœur prêt à mourir percé par les couteaux aiguisés de
Ronald en faisant bouclier de son corps, son courtisan
le plus assidu qui toujours l'approuvait et toujours le
flattait, son directeur de la sécurité d'une méfiance de
hyène, son rabatteur personnel qui lui assurait régulièrement (en cachette de Cindy) sa livraison de putes, lesquelles étaient expédiées en avion depuis Paris jusqu'à
son bureau new-yorkais (aux tarifs fort avantageux de
10 000 $ la pipe) afin qu'il se détendît avant les rounds
(par quoi il entendait les réunions de négociation), de
telle sorte qu'il n'eût pas à bouger de son fauteuil ni à
interrompre son travail (il pouvait même, pendant la pres-
tation, continuer à lire le *Financial Times* tout en jetant
un œil sur le développement splendide de son organe),
c'est ce que Tobold appelait le service de baise rapide
ou *sex food*, service qu'il aurait aimé voir généralisé au
monde entier, si seulement il existait un patron qui en
ait, disait-il, si seulement il existait un financier capable
de comprendre que l'affaire, hautement humanitaire et
hautement sociale dans ses ambitions, pouvait, de surcroît, rapporter gros.

Je précisai sur mon carnet évangélique, puisque le
sujet m'y avait fortuitement conduite, que Tobold aimait
à corréler ses performances sexuelles et ses prouesses
financières. Les unes, affirmait-il, sont à proportion des
autres. Et réciproquement. On lève une blonde comme
on lève des capitaux, mêmes ruses, mêmes tactiques. On
sait repérer ou pas, dans les deux cas, la bonne affaire,
ainsi parlait Tobold, le roi de la finesse. Devais-je retranscrire ces horrifiques réflexions ?

Le commerce charnel n'est que la forme condensée du
commerce tout court, disait-il, et sa volupté condensée.
Les intrications entre les deux, du reste, ont été corro-

borées récemment par deux savants américains qui ont
fait la démonstration que la vue de l'argent, en agissant
sur les terminaisons sensibles de cette partie de l'ana-
tomie féminine communément appelée foufoune par
le biais des stimuli hormonaux d'obédience œstrogé-
nique provoquait des symptômes répertoriés comme
étant de nature libidineuse tout à fait favorables au colloque sexuel et pouvant s'accompagner de sentiments
d'amour intenses de plus ou moins longue durée.

Pierre Barjonas, disais-je avant d'entreprendre cette
scientifique digression, Pierre Barjonas, qui savait
n'exister que par Tobold le roi du hamburger et qui lui
était, malgré ses airs terribles, complètement soumis
(était-ce aussi mon humiliante condition?), Pierre Barjonas était son homme à tout faire, l'ouvrier complaisant
de ses basses besognes, sa garde rapprochée, sa milice
à lui seul, son laudateur infatigable, le confesseur muet
à qui Tobold confiait ses secrets, ses rancœurs, ses fantasmes (être présentateur de télé, ou fakir, ce qui revient
au même: hypnotiser les femmes sans débourser un seul
dollar, le must), mais aussi et surtout ses triomphes.

Car il ne se passait guère de journées sans que Tobold
exhibât devant Pierre la somptuosité et l'étendue de ses
pouvoirs et possessions, afin de lire dans les yeux de
son ami une admiration mêlée de convoitise, qui venait
le conforter dans le culte de sa propre gueule, et fortifier son sentiment d'être prédestiné à l'amélioration
du monde par l'extension de son propre capital.

Mais ce besoin d'un regard qui l'approuvât et l'adorât,
écrivis-je, ce besoin venait révéler en même temps je
ne sais quelle ancienne fêlure, un doute de soi que rien
n'assoupissait, une faille à jamais ouverte (tous éléments qui ne pouvaient que plaire, présumais-je, aux
foules sentimentales).

19

Retirée dans ma chambre, je décidai de compléter le portrait de Tobold que j'avais ébauché dans la journée. Ce portrait, pensais-je, ouvrirait l'évangile. Suivraient des épisodes saillants de la vie de Tobold, agrémentés d'aphorismes et de tautologies de son cru, de paraboles inspirées de la Bible (que je m'étais mise à lire avec passion), et de paramètres techniques qui devaient préciser :

– un, que la frite eucharistique (car il n'était pas inutile de le rappeler, la frite selon Tobold était plus que la frite. La frite était un modèle, un refus, un style, une entéléchie. La frite était un paradigme, une métaphore, un bâtonnet emblématique. La frite était eucharistique. En l'ingérant, on ingérait un monde, on ingérait le monde selon Tobold. Et le désir chez l'homme de *french fries* signifiait, bien plus que sa faim, le cri de jouissance de l'être et sa révolte contre l'esprit censeur) devait avoir 6 mm d'épaisseur et cuire 10 min dans un bain d'huile à 160°.

– deux, que les hamburgers qui accompagnaient les eucharistiques frites devaient être disposés sur les grills par rangées de dix (l'expérience militaire des officiants était considérée comme un atout non négligeable).

– trois, que les rondelles de cornichon associées ne

devaient pas dépasser 3 mm d'épaisseur (motif: la chasse au gaspi).

– quatre, que les gobelets devaient avoir 8 cm de diamètre et 15 de haut.

– cinq, que sur le fond des gobelets polonais devaient être inscrites des sentences bibliques susceptibles de redonner le moral aux catholiques accablés (c'était là un véritable casse-tête pour les responsables de service qui avaient pour mission de les sélectionner).

– six, que les accortes serveuses se devaient d'accueillir les clients en contenant dans les limites mesquines de la politesse, et quoi qu'il leur en coûtât, la joie immense que leur arrivée suscitait.

Un chapitre tout aussi palpitant serait ensuite consacré à la haute qualité des équipements techniques, lesquels avaient marqué un progrès décisif dans notre quête métaphysique du bonheur.

Puis un autre dans lequel Tobold s'abandonnerait à son inspiration poétique pour chanter les joies du Marché et les félicités infinies que procuraient la frite eucharistique et le hamburger son ami lorsque leurs vertus, par magie, s'associaient.

Le livre se fermerait sur un très dynamique épilogue, dans lequel Tobold déclarerait son ambition: planétaire, tout simplement.

Ainsi voyais-je le saint ouvrage si je ne filais pas avant de le mener à bien, comme j'en avais encore, par éclairs, la tentation.

Portrait de Tobold, écrivis-je, dans mon carnet.

Et j'essayai de rassembler dans mon esprit les particularités de Tobold qui, à ce jour, m'avaient frappée, convaincue néanmoins que la version définitive de mes écrits serait passée au peigne fin (par moi-même) et expurgée (par moi-même) avant qu'elle ne soit remaniée définitivement par Tobold, seigneur et commanditaire.

Dominateur, monumental, autocratique, irascible et mathématique, écrivis-je dans cet ordre, Tobold est un homme content de sa personne, je dirais même qu'il en est entiché. C'est simple, tout ce qui n'est pas lui, l'ennuie.

Enragé de notoriété, il n'aime rien tant que voir sa figure en couverture des magazines, et se délecte jusqu'à s'en griser de son image, de n'importe quelle image de lui-même, fût-elle d'un goût laid.

Il mâche son chewing-gum la bouche ouverte, déplorable habitude des classes pauvres, l'épouse de Ribery en donna à la télévision le malheureux exemple lors du championnat du monde de football, portant à son époux un tort considérable.

Il emploie ses rares heures de loisir, pardon son temps parasite, à jouer au poker avec son ami Pierre (lequel doit user de tout son sens tactique pour ne pas toujours remporter la partie).

Lorsqu'il est chez lui, mais uniquement lorsqu'il est chez lui, il s'orne d'un suspensoir en latex noir. Tobold a d'ailleurs quelque chose du torero. Il charge droit et estoque sans trembler.

Monter une affaire, dit-il, c'est descendre des gens. Comme il est drôle ! s'exclament les managing directors avec une gaieté légèrement pincée.

Tobold n'est pas du tout partageur.

Trop avide pour couper la poire en deux, Tobold prend la poire entière, comme le fit Napoléon dont les livres d'histoire parlent avec révérence.

Son taux d'émotion sentimentale est quasiment nul.

Sa réactivité financière est en revanche fort élevée et atteint son paroxysme dans les phases d'achat.

Car Tobold carbure au deal. Car Tobold est un fou du deal. Car le deal est sa passion. Elle l'habite. Elle le dévore. Elle le brûle. Et lorsqu'il parle d'elle, c'est avec les mots de l'amour. Il dit qu'elle (sa passion) est insensée, insatiable. Que son baiser le bouleverse. Qu'elle ne souffre nulle comparaison. Qu'il n'aime qu'elle. Ne respire qu'elle. Ne désire qu'elle. Qu'il lui a subordonné toute son existence. Qu'elle est son ciel, sa volupté, sa joie et son tourment. Qu'elle est sa drogue, dût-il la payer de sa damnation. Et qu'il lui sacrifie sa vie (et celle des autres). Acheter et vendre. Acheter et vendre. Sans se lasser. Acheter à bas prix et vendre au plus offrant. Acheter le monde, tant qu'à faire. Faire sur lui main basse. Le prendre et le jouer comme on joue au poker, avec la même fièvre, le même plaisir et peut-être, dans le fond, la même désinvolture.

Balèze, d'une santé insolente fortifiée à la bière et, subsidiairement, à la coke, avec une légère prédisposition à l'embonpoint, Tobold sait trancher dans le vif, se décider sur l'heure, bouler l'obstacle d'un coup de poing, toréer le rival, ou congédier, d'un revers de la main, l'importun (définition de l'importun: celui qui n'a rien à dealer).

Il en impose.

Il dicte la règle.

Et distribue, magistral, les récompenses.

D'idéaux, point. D'honneur, pas plus. Seuls l'intéressent le coup porté et qui terrasse, la chasse et la prise, le jeu et la gagne.

Pourvu d'une grosse voix, d'un cigare Monte Cristo et d'un casier judiciaire qu'il s'est hâté, dans sa jeunesse, de charger, Tobold a un penchant marqué pour la parade. Et il peut aisément s'y adonner pour la simple raison qu'il est l'homme le plus riche du monde, la liste donnée par *Forbes 400* en faisant foi, l'homme le plus riche du monde devant Bill Gates, Niazov Saparmourad, Lakshmi Mittal, Al Walid ben Talal ben Abdulaziz ibn Saoud et le sultan érotomane de Brunei.

Que fait Tobold de son argent?

Il l'arbore, je l'ai dit, l'argent est fait pour ça, le jette par les fenêtres des palaces, sur les tables de poker, dans les soutiens-gorge des putes et aux quatre coins de la Terre.

Mais, au lieu de se tarir, son argent, miracle des miracles, se multiplie comme le pain de la Bible.

En dépit de sa colossale fortune, qu'il ne peut s'empêcher d'étaler, Tobold se veut, dans ses goûts et ses liens, un homme simple : ne s'orne jamais d'une cravate, porte des santiags et des jeans, pilote lui-même son jet *Gulfstream* et conduit lui-même ses voitures. Il en possède exactement 365. Et lorsque le très épouvantable Ronald a mis ses nerfs à rude épreuve, il descend dans son parking, dénombre une à une ses automobiles et arrivé à la trois cent soixante-cinquième, il sent lentement le calme revenir (à moins qu'il ne s'égare dans ses comptes et ne doive tout reprendre de zéro, tels sont les malheurs des riches).

Tobold éprouve une injuste répulsion pour les végétariens, répulsion qu'il explique par le fait qu'Hitler ne mangeait pas de viande. Et si quelqu'un a l'idée saugrenue de contester la mauvaise foi d'un pareil argument, il lui tourne brusquement le dos.

Car Tobold ne souffre nulle objection.

Car Tobold jamais ne se trompe.

Car un P.-D.G. de sa trempe jamais ne se trompe et partage avec le Saint-Père le dogme de l'infaillibilité. Vu?

D'ailleurs, lorsqu'un P.-D.G. ruine une société, n'est-il pas récompensé par une indemnité de départ de 10 millions de dollars ? Ceci prouve, si besoin était, qu'une erreur de P.-D.G. n'est qu'une vérité mal comprise par les non-P.-D.G. Chapitre clos. Passons au suivant.

Certains disent de lui qu'il est l'Infernal, le Fils de la honte, le Cavalier de la dévastation et du malheur, celui qui, s'autoproclamant Maître du Marché, c'est-à-dire du monde, a avili les dernières valeurs. Mais ainsi fut dit de l'Incarné lorsqu'il se révéla.

D'autres murmurent que la foudroyante réussite qui l'a propulsé au sommet s'est faite par toutes sortes de prodiges mensongers, de ruses pernicieuses, d'oracles menteurs et de fausses promesses qui n'ont fait qu'abuser la crédulité publique. Mais ainsi fut dit de l'Incarné lorsqu'il se révéla.

Certes, Tobold manque de sens moral. Mais c'est, très précisément, ce qui en fait un homme neuf, voilà ce que certains ont du mal à comprendre. Ses désirs et appétits : pouvoir, pépettes et petites pépées (ainsi que plaisamment il les résume), ne sont point dissimulés, comme chez d'autres, derrière des simagrées bien-pensantes. Ses désirs et appétits sont vertement exprimés et clairement intelligibles à chacun.

Génial spéculateur, Tobold a l'économie dans le sang et une obstination de brute chanceuse.

S'il parie, il gagne. Et tellement que ses concurrents en tremblent de jalousie.

À sa manière rude et sans nuance, il dit : Les banques sont nos saintes églises (même discrétion, même air vénérable, mêmes chuchotements et mêmes ardentes prières), les patrons, nos nouveaux Pères, et le *Financial Times*, notre catéch.

Il dit: Au commencement était l'argent, et il fait le geste de bénir son portefeuille.

Il dit: L'argent tue et vivifie autant que le verbe.

Et si cela choque, il éclate de rire.

Car Tobold est un farceur.

Une fêlure, toutefois, dans ce bel édifice: Tobold est sujet à l'insomnie et se shoote tous les soirs aux barbituriques. Et les rares nuits où il n'avale pas ses trois ou quatre comprimés d'*Iménoctal*, le malheureux est assailli de visions effrayantes. Il voit l'armée de ceux qu'il a lésés, les rivaux qu'il a humiliés, les actionnaires qu'il a spoliés, les chômeurs qu'il a appauvris, il les voit s'avancer hagards et sanguinaires, lui demandant le compte de ses crimes. Alors il crie, il appelle Cindy, il m'appelle, il se dresse tremblant sur son lit de terreur, il marmonne des phrases indistinctes où le nom de Tobold quelquefois apparaît, ou bien il parcourt les cent quarante-six pièces désertes de son appartement, en appelant Cindy, Cindy, Cindy. Et Cindy doit longtemps le dorloter, le câliner, l'étreindre, mon trésor, mon chaton, endors-toi, mon chéri, Ronald s'est retiré aux îles Vierges, il ne reviendra plus, tu es seul à la barre, dodo, mon lapin, dodo, avant qu'il ne finisse par tomber de sommeil.

Dans la journée Tobold est un monstre de froideur. Un monstre d'inquiétude la nuit.

Il est exceptionnel que ses rythmes s'inversent.

Ou qu'ils se confondent.

Malheur, si cela survient.

Et cela surviendra. Mais plus tard. Ménageons le suspens.

Je relus le chapitre que je venais d'écrire, puis raturai les dernières lignes. Elles me semblaient par trop négatives pour figurer dans l'évangile, puisque évangile signifiait bonne nouvelle, et il n'était pas question, si je voulais en respecter le genre, d'écrire un livre sombre et totalement déprimant.

20

En janvier, la mode arriva du Japon d'organiser dans les grandes entreprises des séminaires appelés théoriques. Tobold qui, d'ordinaire, était constamment en quête d'innovations se montra quelque peu défiant devant ce nouvel engouement. Mais ses collaborateurs, pour le flatter, le supplièrent de façon si experte que Tobold, qui ne résistait jamais à une flatterie (là était son point faible), annonça qu'il théoriserait sur un sujet qui lui tenait à cœur: la pauvreté.

Car Tobold, disons-le, aimait les pauvres. Tobold aimait les pauvres grâce auxquels il pouvait mesurer, par contraste, la chance qu'il avait de vivre opulemment. Il aimait les pauvres qui travaillaient à accroître sa fortune en servant la sainte cause de la frite et du burger, et qui n'étaient pas près, grâce à Dieu et à la Libre Entreprise (disait-il en se signant), de disparaître.

Les pauvres de tout temps furent et de tout temps demeureront, professa Tobold lors de la conférence qu'il donna le mardi 16 janvier devant un parterre de directeurs somnolents, dont il avait décrété la présence obligatoire. Car les pauvres sont indémodables, universels et toujours recommencés, on dirait même qu'ils ont tendance à croître et à multiplier, et que leurs réserves, contrairement à celles du pétrole, augmentent, perspective extrêmement réconfortante. (Charogne, lui criai-je en mon for intérieur.)

Avant que d'aller plus loin, je dois préciser que je fis de la conférence de Tobold, ci-dessous reproduite, une transcription libre, je veux dire, subjective et extrêmement partiale. Qu'il me soit pardonné d'avoir forcé la note par désir de convaincre. J'espère toutefois ne pas avoir dénaturé le sens des paroles qui furent, ce jour-là, prononcées.

Les pauvres sont partout, dit Tobold, accompagnant son dire d'une gesticulation bilatérale, laquelle entendait signifier son intérêt pour la question. On les chasse par la porte, ils reviennent par la fenêtre avec une obstination qui donne le frisson. On les affame ici, ils s'empiffrent là. De reliefs (rires dans la salle). Les pauvres nous envahissent, mes amis, mais il ne faut s'en plaindre. On les trouve surtout au pourtour des richesses avec lesquelles ils forment un très beau clair-obscur, car là où est la richesse, là sont les pauvres, et réciproquement, ainsi est fait le monde et c'est pourquoi il tourne, les uns vivent des autres, et réciproquement, comme ça tout le monde est content, n'est-ce pas?

Je bouillais de colère rentrée. Je voulus protester. Pauvre con, essayai-je de dire. Mais j'ouvris et refermai la bouche sans pouvoir émettre un seul son.

Il est important de noter, poursuivit Tobold, que les pauvres d'aujourd'hui ont considérablement changé. Les pauvres d'aujourd'hui sont devenus inoffensifs, des agnelets. Honteux de ce qu'ils sont, ils cherchent le repos à n'importe quel prix et ont, pour la plupart, remplacé le coutelas d'antan par l'Opinel de poche à usage exclusivement alimentaire, ce qui constitue, vous en conviendrez, un progrès considérable dans l'évolution des mœurs. (Les directeurs, croyant que Tobold faisait une plaisanterie, se mirent de nouveau à rire, moi je rongeai mon frein.)

Persuadés que leur révolte est vaine et la lutte, d'avance perdue, insoucieux du désastre, pourvu qu'il les épargne, les pauvres sont entrés dans une sorte d'apathie où ils n'espèrent plus qu'en moi. Je suis, mes chers amis, leur ultime espoir. Car l'Incarné les a abusés, les communistes les ont abusés, les socialistes les ont abusés, les fascistes les ont abusés, dit Tobold dans un beau mouvement dramatique, et ils n'attendent plus rien que mes œuvres (applaudissements dans la salle et colère en mon cœur).

Ceci posé, une mutation s'est produite dans les esprits, poursuivit Tobold, qu'il me faut à présent préciser. La pauvreté, n'est plus du tout le grand scandale qu'elle fut aux temps bibliques, la pauvreté n'est plus du tout cette abomination dont il fallait absolument se départir, l'insupportable outrage fait au ciel et à Dieu, là est, voyez-vous, messieurs, la grande mue.

La pauvreté (Tobold possédait son sujet), la pauvreté qui obligea autrefois Dieu à s'incarner sous les espèces d'un pouilleux pour en dire l'infamie, la pauvreté, aujourd'hui, est devenue acceptable, que dis-je ?, souhaitée. Elle nous est fort utile, c'est l'évidence, elle nous est même nécessaire, il n'y a pas à discuter sur ce point, et nous devons faire tout ce qui est en notre humain pouvoir pour la maintenir telle quelle. (Infâme ! criai-je mentalement. Enclume ! Fumier !) Mes chers amis, je m'y emploie.

Chacun sait ici qu'un salaire démesuré ferait tomber les pauvres dans la pire des mollesses et mènerait la société, que dis-je ?, la civilisation tout entière vers un désastre sans précédent. Et puis qu'en feraient-ils, je vous le demande ? Jette-t-on des perles aux pourceaux ? (Non, des frites grasses, hurlai-je en moi-même.)

Le plus grand honneur que l'on ait à leur rendre, dit Tobold, sur le ton avec lequel il indiquait à Antonio le dosage de ses margaritas, est de ne point s'apitoyer sur eux et de continuer à les plumer, car qui vole le pauvre prête au Marché (traduction libre, mais sens rigoureusement respecté).

Par bonheur, les journées de RTT n'existent pas dans notre pays d'élection. Mais des progrès sont encore à faire. Le salaire minimum garanti ainsi que d'autres faveurs à peine croyables ne sont toujours pas abolis. Vivement, s'exclama Tobold, enjoué, vivement une gouvernance mondiale pour régler tout ce binz !

(Redevenu grave :) Cela étant posé, il demeure un problème. C'est que la pauvreté n'est plus du tout l'objet de séduction qu'elle fut au temps béni de l'Incarné. La sainte pauvreté ne trouve plus d'adepte, c'est embêtant, très embêtant. Et la perspective consolante selon laquelle Dieu, un jour, vengerait les pauvres en condamnant les riches à des tourments atroces : grillades au barbecue, écorchements, démembrements, plongeons dans l'huile bouillante, frottage des plaies à l'acide chlorhydrique et autres extravagantes barbaries auprès desquelles la vie dans les cités n'est que parfum de rose (rires), cette promesse trop longtemps différée, les pauvres, désormais, n'y croient plus. La vanne ne prend plus. À d'autres.

Il nous faut donc, messieurs, en toute humanité, moderniser le mensonge (proposition traduite à ma manière). Trouver d'autres bobards pour leur faire encaisser leur vie calamiteuse, d'autres os à leur jeter pour leur fermer la bouche, d'autres petites piperies. Car leur désir profond, notez-le bien et qu'il vous en souvienne, leur désir insistant est de se faire entuber d'une manière ou d'une autre, et cette tâche, mes amis, nous incombe. (Ordure! lui criai-je mentalement.)

Mais comment procéder, mes amis, au susdit entubage?

– En leur inoculant, par exemple, cette idée que l'on peut *trouver le bonheur à p'tit prix*, un burger dans une main, la télécommande dans l'autre. (Et une sébile aux pieds, hurlai-je mentalement.)

– En leur faisant gober qu'ils pourront dans un avenir proche partager le festin (avec les olives), et se repaître de jouissances pour peu qu'ils se cramponnent. (Mais à quoi? à quoi? m'écriai-je en moi-même.)

– Ou en les arrachant à leurs tristes pensées par d'innocents plaisirs tels que l'élection de l'enfant le plus gros, le concours national du plus long cheese-burger, le concours d'ingurgitation du plus grand nombre de frites (fort bien primé) et, en vrac: les jeux de salon, les visites au zoo, le footing, les sorties au stade, les clubs récréatifs, la retransmission télévisée des guerres à l'étranger, et autres amusettes qui charment les loisirs du pauvre tout en ruinant concomitamment son

Incapable de contenir plus longtemps ma colère, je jetai le stylo que j'avais à la main. C'était plus que mon cœur n'en pouvait supporter. Mon voisin, un homme rose et gras, sursauta. Je l'avais réveillé.

Ces ignominies me révulsaient. Je ne voulais plus jamais les entendre. Plus jamais m'en faire la complice.

Je m'étais tue, jusqu'à présent, par crainte de perdre un travail qui m'était, par bien des côtés, plaisant. Mais ma patience était à bout. J'avais atteint la limite extrême de ce que je pouvais endurer sans que ma dignité (était-ce bien le mot?) en pâtît.

Je ne pouvais plus me taire sans me haïr.

Il fallait que je crevasse l'abcès.

Il le fallait.

Dès que nous serions seuls, j'abattrais mon jeu. Je déclarerais à Tobold, à supposer que ma voix puisse émettre des sons, ce qui n'était jamais gagné, vu ma complexion craintive, je lui déclarerais mon absolu désaccord et ce, quelles qu'en fussent les conséquences et dussé-je les payer de ma vie, me dis-je avec emphase, car j'avais l'emphase facile, vous l'avez remarqué, l'emphase intérieure, veux-je dire.

Si la féerie marchande qu'il promettait au peuple couillonné supposait que des millions d'hommes s'humiliassent, elle était abjecte, elle était monstrueuse, je le lui hurlerais. «Si la voracité d'une horde de capitalistes (j'appelais Bloom à la rescousse car j'étais du parti de Bloom, du camp de Bloom, bloomiste à mort) s'abattait sur notre travail prostitué à leurs appétits», je me dresserais contre elle (la voracité) de toute mon ardeur.

Pour puissant qu'il fût, et despotique, je lui dirais que son cynisme m'était odieux, son usage des autres odieux, et odieux son refus d'une possible, d'une souhaitable, d'une consolante fraternité. Je lui jetterais à la face que ses pensées étaient mesquines, qui ne pensaient que le palpable, que son messianisme économique frisait le ridicule, que sa boulimie d'argent gagné sur le dos des autres me répugnait horriblement, et que le Marché Mondial dont il était le chantre n'était rien d'autre qu'un désastre mondial.

Quant à son projet de voir publié un évangile qui ferait sa postérité, il me paraissait carrément obscène, un attentat littéraire, une profanation morale, un sacrilège. Et je me demandais comment j'avais pu, un seul instant, y souscrire.

Forte de ma résolution, Ce que vous dites est révoltant, l'apostrophai-je, frémissante de colère, sitôt sa conférence achevée.

Il s'en fallut de peu que je ne l'injuriasse.

Elle m'asticote, et ça me plaît, fit Tobold à Barjonas, comme si mon attaque l'avait réjoui.

Tobold avait dit: Ça me plaît. J'avais l'heur de lui plaire. Je sentis une grande faiblesse m'envahir, et mon indignation reculer en moi de quelques pas.

Ce que vous dites est inadmissible, dis-je, d'un ton un peu moins agressif. Et je rajustai, de ma main, ma coiffure.

Tobold eut un sourire. Il pouvait tolérer de moi tous les griefs, toutes les critiques et jusques aux plus violentes, puisqu'ils ne portaient nullement à conséquence, je le compris plus tard.

Elle me fait craquer, dit-il à Pierre.

Il avait dit: Elle me fait craquer. Était-ce un aveu? Une invitation? L'hameçon de l'amour? Nos rapports allaient-ils glisser sur la pente érotique et ses impétueuses fantaisies? Saurais-je y résister? Après avoir été son écrivain domestique, allais-je devenir son esclave sexuelle, délicieusement servile? Lui ôterais-je son suspensoir dans des caresses insensées? Le rendrais-je captif, à mes pieds enchaîné, suppliant, asservi? Parviendrais-je à le rendre à un peu de douceur, à la douceur en lui qu'il avait enterrée? À la bonté contre laquelle, depuis l'enfance, il s'était arc-bouté, tendu à en mourir? Saurais-je retirer l'écharde qui blessait la patte du fauve? J'eus, pauvre idiote, toutes ces pensées en même temps.

Ce que vous dites est méchant, dis-je, minaudière, et ma voix rendit un son faux.

Je sais, tu me trouves infect, tu me trouves abominable,

131

mais c'est pour ça que je t'aime, mon chou, me dit-il en effleurant ma chevelure de sa christique main.

Je me tus, rougissante et secrètement flattée.

J'ai quelque honte à l'écrire aujourd'hui, mais ce geste si anodin et cette phrase si commune dissipèrent en un éclair toute la révolte qui remuait en moi.

My dear, dit-il.

J'eus un petit rire tremblé.

Tobold m'avait retournée comme un hamburger, si j'ose dire.

Cet égarement, qui ne dura que peu, fut sans doute la chose la plus inexcusable qu'il obtint de moi.

Aujourd'hui encore, j'ai quelque mal à me la pardonner.

21

Je vivais depuis quatre mois dans sa promiscuité, muette le plus souvent, docile presque toujours, notant toutes ses vanteries (bien inférieures à ses réalisations véritables), notant tous ses emportements (qui faisaient trembler les murs de son bureau), notant toutes ses prédictions sur la tornade libérale qui allait mettre fin à l'incurie des hommes et balayer tous les minables de la Terre, tous les parasites qui infestaient la machine sociale, raus, raus, raus. Je venais à son secours la nuit, en renfort de Cindy, lorsque, en proie à ses terreurs nocturnes, il parcourait ses cent quarante-six pièces en criant: On veut me tuer, on m'assassine, au secours, au secours, car il fallait des heures désormais pour l'aider à chasser ce Ronald de désastre qui venait le hanter jusque dans son sommeil et lui demander des comptes avec une virulence plus effroyable encore qu'avant son éviction, fais-le partir, hurlait-il, maman, fais-le partir, j'aidais Cindy à le calmer, nous le mettions au lit, nous lui tenions la main, Cindy à sa droite, moi à sa gauche, nous lui racontions nos histoires de filles parce qu'elles avaient la vertu de l'apaiser, nos séances chez le coiffeur, nos séances chez le masseur, nos dernières idées de maquillage, nos excursions dans les magasins, ou la longueur des jupes cet hiver, puis nous lui donnions

133

son sixième *Iménoctal* avec deux doigts de margarita pour faire descendre le comprimé, et il sombrait enfin dans un sommeil compact.

Puis le jour se levait, la rumeur du dehors se faisait plus intense, les treize domestiques commençaient à s'affairer à travers les cent quarante-six pièces, lissaient des dessus de lit que personne n'avait froissés et chassaient, à coups de plumeau, les dernières ténèbres. Tobold s'éveillait, s'étirait, renvoyait d'un coup de rein ses tourments à la nuit prochaine, et reprenait comme si de rien n'était, comme si la nuit de terreur n'avait jamais eu lieu, reprenait le rythme ultra-intensif des staffs, des rendez-vous d'affaires, des séances de breafing et de débreafing, des réunions marketing et des réunions plan com, des séances de motivation où tous les inscrits devaient hurler martialement On va les tuer ! on va les tuer ! on va les tuer ! on va les tuer ! jusqu'à l'aphonie totale, des comités de rémunération et des comités d'investissement et, depuis peu, des séances dites de décompression, animées par un coach mexicain qui se faisait appeler, très originalement, Pepito, lequel déshabillait tous les participants quel que fût leur titre et, après quelques pompes, leur faisait danser du hip-hop en caleçon et en chaussettes afin qu'ils se détendissent les nerfs, qu'ils avaient fort crispés.

Je vivais depuis quatre mois près de Tobold et sa présence m'épuisait, car je devais non seulement l'écouter mais le traduire et hausser jusqu'à leur sens sublime une suite de mots commerciaux qui n'étaient pour moi que du chinois et dont la seule prononciation m'attristait. Et si les marques d'affection qu'il m'avait manifestées trois jours auparavant avaient réussi à endormir (pour combien de temps ?) mes rébellions (en réveillant mes fantasmes amoureux), elles ne m'avaient nullement épargné la fatigue. Ces marques d'affection avaient été suivies, du reste, d'un retour des plus protocolaires à la banalité de notre rapport. Tobold, il fallait que je m'en convainquisse, ne m'aimait pas. Du reste, Tobold n'aimait personne, à l'exception de Cindy. Tobold n'attendait de moi qu'une chose : que je le sauvasse de l'oubli où tombaient tous les hommes et que je donnasse à son nom un éclat immortel. Car Tobold rêvait d'entrer, debout, dans l'Histoire (comme je rêvais, dans le secret de mon cœur, d'entrer, debout, dans l'Histoire, le coude négligemment posé sur la colonne de mes livres, je m'y voyais !).

Tobold m'épuisait, dis-je, et je n'avais qu'une hâte, me reposer de lui, de sa présence énorme, de ses catéchies et de ses divagations théoriques lorsqu'il se mettait à chanter les mérites du Libre Marché qui nous mènerait droit au bien (Tobold avait du bien une conception des plus personnelles), dont il était à la fois le serviteur et le maître, écris-le, dont il était le Fils, le Père et le Prophète, écris, écris au lieu de lambiner (les diverses appellations dont il s'honorait variant en fonction de son taux d'alcoolémie et de cocaïnémie, je le répète).

Je n'avais qu'une hâte, me trouver hors de sa portée, ne plus m'appuyer la liste fastidieuse de ses possessions, car j'en avais jusque-là de ses possessions, j'en avais soupé de ses siennes bagnoles (365) et ses siens ouvriers (plusieurs millions) et ses siens fast-foods (plusieurs centaines de milliers) et son sien Boeing 747 et son sien jet *Gulfstream* et son sien yacht (de 160 m). J'en avais soupé de son sien appartement new-yorkais avec ses 32 étages, ses 146 pièces, ses 130 salles de bains, ses 87 télévisions, son salon de coiffure, sa salle de billard, sa salle de cinéma, ses salles de gym, son court de tennis, sa salle d'activation musculaire, son

terrain de squash, ses trois piscines, sa cascade artifi-
cielle (dont le bruit m'empêchait de dormir), sa piste
de ski, non je mens, ses W.-C. équipés de téléphone,
ses colonnes antiques (comme chez Eddie Barclay),
son abri souterrain (en cas de guerre atomique), son
héliport personnel (pour rester fashion). Avais-je oublié
quelque chose?

Tobold m'épuisait, et j'attendais tout le jour le moment
où je pourrais enfin me soustraire à ses grossièretés,
j'ai bien dit grossièretés, car Tobold m'avait montré
progressivement une face de lui qui ne coïncidait en
rien avec celle du self-made-man rompu à négocier
avec les grands de ce monde et dont la bouche serrée
et maîtresse d'elle-même articulait des mots qui gla-
çaient l'univers.

Tobold, avec ses proches, au rang desquels je devais
désormais me compter, Tobold était un autre.

Il nous réservait ses failles, ses gouffres devrais-je
dire, ses fureurs, ses terreurs, ses obscénités, ses débor-
dements et, quelquefois, ses gentillesses.

Il nous faisait, en quelque sorte, la faveur de son être
intime.

Et s'il parvenait devant les directeurs financiers et les
ministres en visite, s'il parvenait à remiser au fond de
lui sa vulgarité naturelle, il la ressortait avec un plaisir
juvénile dès lors qu'il était en confiance, ou ivre.

Pour plus de précision je me dois d'ajouter que, s'il
parvenait devant la plupart de ses interlocuteurs à juguler,
comme il vient d'être dit, sa vulgarité foncière et à la
revêtir de formules polies, quelque chose de cette vulgarité, toutefois, demeurait, si l'on appelle vulgarité
le ton péremptoire, l'autorité tranchante, l'impudeur
arrogante, la froideur calculée et la satisfaction de soi,
aujourd'hui convertis en règles de conduite.

Tobold était vulgaire. Et sa vulgarité, qui m'apparaissait aux heures fastes comme un signe de vitalité virile, me laissait le plus souvent confondue et aussi tristement perplexe que ses divagations sur le nouvel ordre mondial qui devait apporter la félicité sur terre et de la thune plein ses coffres.

À force de la voir à l'œuvre avec cette constance et, il faut bien le reconnaître, avec ce succès, je finis par penser que sa vulgarité n'était pas sans rapport avec sa foudroyante ascension sociale.

Je finis par penser que Tobold avait compris avant tout le monde que la vulgarité, qui m'apparaissait comme la face maquillée de la violence, sa face avenante, télégénique et tape-à-l'œil, sa face commerciale en quelque sorte, que la vulgarité, désormais, était payante.

Je finis par penser que la brutalité, le calcul, l'esprit de lucre et le mépris affiché pour les choses de l'esprit (toutes qualités requises pour un investisseur digne de ce nom) étaient non seulement respectés en tous lieux, mais promus et encensés, et qu'on les regardait comme des atouts, comme des forces, comme les garants indispensables de la réussite, au point qu'il était devenu impossible de les moquer.

Les temps étaient vulgaires, me disais-je sur ce ton bégueule et grandiloquent de ceux qui se croient exempts du reproche qu'ils projettent sur d'autres.

La vieille courtoisie de la vieille Europe était morte, me disais-je, et cet argument me consolait infiniment, qui justifiait à lui seul toutes mes impuissances.

Si le tact était désormais tenu pour une faiblesse, si l'érudition passait pour une prétention, l'effacement de soi pour une infirmité et le savoir-vivre pour une entrave à jouir, alors il était logique que je me trouvasse dans ce merdier, me disais-je avec une complaisance écœurante, alors il était normal que je n'eusse pas ma place en ce monde, alors il était fatal que je fusse toujours décalée, à l'écart, inapte à me mêler, et solitaire, tel l'artiste.

Partout la vulgarité enlaidissait le monde, partout elle le salopait, me disais-je, car je n'étais jamais en retard d'une indignation ; et cette accusation que je portais contre l'esprit du siècle venait en quelque sorte compenser la somme de mes veuleries journellement concédées.

Partout la vulgarité s'étalait, me disais-je. Partout elle progressait, démocratiquement. Mais le pire, le pire était que cette progression, je la constatais en moi chaque jour davantage (en mes indignations verbeuses, précisément, en mon désir d'être approuvée par ceux-là même que j'exécrais, en mes aspirations inavouées aux scintillements du spectacle, en ma frénésie perpétuelle à consommer du luxe, en mes compromissions qui se donnaient des airs, en mes postures d'écrivain incompris des gens qui comptent...), et je la constatais aussi chez les collaborateurs de Tobold, bien qu'ils fussent du meilleur monde et dotés des meilleures manières. Tobold ne prend pas de gants, disaient-ils, verts d'envie mais la bouche tordue par la politesse, Tobold va droit au but, Tobold ne fait pas de chichis, Tobold ne tourne pas autour du pot, Tobold est un cogneur, une grande gueule, un m'as-tu-vu, une brute, un voyou, un queutard, il tombe toutes les femmes, et il entrait dans leurs remarques autant de haine amère que de livide jalousie.

Leur cœur était empli d'une aversion si grande à l'endroit de Tobold qu'elle finirait un jour par l'exiler définitivement, comme la suite le prouverait, mais je brûle les étapes.

Il n'y avait pas homme plus détesté sur terre, pensais-je.

Il n'y avait pas homme plus seul. Plus effroyablement seul. De là à avoir de la peine pour lui, ça non, jamais, enfin, pas trop, quoique, quoique je finisse par ressentir à son endroit un mélange de pitié, de rancœur et de fascination (peut-être, quoique, bien que, encore que… tout mon caractère est là, dans ce langage du chancellement et de la concession donnée du bout des lèvres).

Tobold, revenons à lui, Tobold percevait-il cette unanimité dans la détestation, lui qui devinait la moindre tromperie avec une sagacité diabolique et qui se vantait de lire dans le cœur de ses rivaux ? Était-ce une donnée que je devais écrire dans l'évangile aux fins d'émouvoir les foules ? Ou fallait-il la passer sous silence ? Plaidait-elle en sa faveur ? Ou en sa défaveur ?

Le fait est qu'au premier prétexte ses proches collaborateurs dénonçaient à voix basse ses crimes couverts d'ombre, l'accusaient sans nulle preuve d'avoir des comptes occultes dans une banque suisse et chuchotaient dans son dos qu'il déféquait la porte ouverte (c'était la pure vérité), un porc !, qu'il s'était fait greffer des implants sur le crâne pour paraître moins porc (c'était la pure vérité), qu'il était un inculte hissé jusqu'au sommet grâce à son inculture, une brute dépourvue d'*ethos* (de quoi ?), un aventurier intronisé par la télévision (qui n'est pas regardante), un maquereau concussionnaire reconverti dans la finance et maqué, de surcroît, avec une pute spanish.

Mais plus que ses truandages, somme toute banaux, ce qu'ils vilipendaient avec une animosité qui ne désarmait pas, c'étaient ses façons incurablement peuple, c'était la vulgarité consubstantielle à son être, qui l'amenait à désigner les choses les plus sales par leur nom, exemple : le fric.

Tobold répondait d'un haussement d'épaules à ces

139

paroles malveillantes rapportées par les larbins et sous-larbins qu'il soudoyait aux fins qu'ils espionnassent ses troupes.

Seuls les vulgaires voient le vulgaire, rétorquait-il (j'approuvais).

Ou encore : Tout est poétique au poète, et plus que tout la *City Bank* (je ne pipais pas).

D'autres fois, il me régalait de ses arguments théoriques, ma hantise. Je feignais alors l'attention la plus vive, tandis que j'appelais à moi mon Bob (De Niro), vite, viens mon chéri, viens.

Ce que mes détracteurs qualifient de grossier, vois-tu, me disait-il, n'est rien d'autre qu'une façon nouvelle de se lier aux autres, plus franche, plus frontale, plus abrupte, certes, mais exempte de marmelade (je l'entendais comme s'il me parlait de très loin car mon âme, je le confesse, gisait dans un lit de luxure). Tu aimes la marmelade ? (il prononçait marmelade avec l'accent américain). Les écrivains, c'est curieux, aiment la marmelade. Je crois même qu'ils n'aiment que ça. Leur oisiveté, sans doute, les y pousse, ainsi que leur méconnaissance du monde. (Je me gardais de réagir, craignant de déclencher de cinglantes ripostes qui viendraient perturber mes rêveries lubriques.) Mais lorsqu'on est occupé à de si ambitieux projets que les miens, mon petit, on n'a que peu le temps de tartiner ses sentiments.

Pause. Pendant laquelle Tobold avalait une bière.

Ce que mes détracteurs qualifient de grossier, vois-tu, c'est cette lucidité implacable qui m'amène à déclarer que le Libre Marché est totalement dénué de morale (c'était son refrain). Tu peux l'écrire en grand comme ça, tu peux l'écrire en lettres capitales : le Libre Marché, n'en déplaise aux Tartufe, est totalement dénué de morale, totalement désaffublé de fausses vertus, totalement délivré de fioritures éthiques (il le répétait et le reré-pétait selon la méthode publicitaire qui gouvernait sa vie comme son œuvre), et cette délivrance est sa force, je l'ai compris le premier, écris-le, à quoi tu penses ? (S'il l'avait su !)

Le Libre Marché Mondial a su extirper des affaires, mon petit, toute l'algèbre des sentiments et les pénibles démangeaisons de la conscience. Et lorsque je m'en réjouis auprès de mes collègues, j'ai l'impression que je leur montre mon derrière. Tu m'écoutes ? (Je trouvais, en vérité, ses considérations ennuyeuses comme la pluie.)

Le Libre Marché Mondial est indifférent, mon petit. (Pas plus que je ne le suis, me disais-je.) Il est donc, forcément, cruel, on ne doit pas se raconter de craques. Le Libre Marché ne veut que le profit, ça tombe sous le sens. Et le profit n'a d'autre fin que lui-même, il faut avoir des écailles devant les yeux pour ne pas le reconnaître. Mon malheur, vois-tu, est de le déclarer sans précautions ni entortillements. Mon malheur est que je suis en avance d'un siècle, et que je prêche dans le désert. (Quand va-t-il s'arrêter ? me demandais-je, impatiente, car son prêche faisait refluer toutes mes ardentes imaginations.)

Pour l'instant mes propos heurtent de front les pré-jugés de l'opinion et encourent le mépris, quand ce n'est pas la haine. Même les plus libéraux de mes col-lègues réprouvent mes discours, qui cesseront, d'ici à deux décennies, de leur paraître outrés, et m'invitent à les rétracter ou, tout au moins, à les modérer, Tout doux Tobold, tout doux, mettez dans vos paroles un peu d'hypocrisie et dans votre Marché trois gouttes de morale, voyons, un petit effort. (Je dissimulais un bâillement.)

C'est que la mue de ces patrons tarde encore à se faire, mon petit. C'est qu'ils ont encore, vois-tu, l'âme ancienne. C'est qu'il leur reste encore un peu de cette chose qui est sur le point de disparaître, qu'on appelait, autrefois, je crois, la morale chrétienne, écris-le.

Je le constatais, en effet, les quelques barons de la finance rencontrés chez Tobold, qui en général ne s'offusquaient de rien et ne reculaient devant rien pour parvenir à leurs fins (certains même vendaient sans vergogne leurs missiles à des délinquants internationaux), prenaient un air contrit sitôt que Tobold vantait éloquemment l'amoralité du Marché et la superbe liberté que celle-ci octroyait.

Dépourvus, pour la plupart, des plus élémentaires scrupules, ils haïssaient en Tobold sa brutale franchise et un cynisme qu'ils trouvaient, en l'occurrence, trop voyant. Et dans un concert de protestations indignées, ils l'accusaient d'anathème, de traîtrise à la cause marchande et d'outrage aux bonnes mœurs de la finance.

Tout sucre devant lui et débordant d'une cordialité factice, car ils le craignaient fort, ils cueillaient dans son dos des pierres pour l'abattre.

Y réussiraient-ils ?

Vous le saurez bientôt.

22

Je ne songeais plus à fuir.

Plus le temps passait, plus je prenais goût, je le confesse, au luxe.

Et plus je me laissais prendre à ses prestiges.

J'étais, devant ses fastes, tel l'affamé qui se rue, avec une hâte vorace, sur un festin trop longtemps convoité, voulant tâter à tout, s'empiffrer, se repaître de tout jusqu'à l'écœurement.

Plongée depuis six mois dans le cercle enchanteur de la first society, les félicités sans nombre que j'y découvrais me semblaient d'autant plus désirables que je les savais octroyées pour un temps seulement, passagères. Meilleurs hôtels, meilleurs night-clubs, meilleures boutiques, meilleures tables, meilleures salades, meilleurs pâtés, soufflés, fricandeaux, grillades, farcis, sautés, carbonnades, vol-au-vent, jambons, jambonneaux, poissons, crevettes, papillotes, gelinottes, cailles et caillettes, rôtis, fromages, tartes, mousses et chocolats, aurais-je le temps, me disais-je, de savourer toutes ces délices ?

Lorsque, rétrospectivement, j'essaie de me rappeler de quelle nature étaient les plaisirs que le luxe me procurait (autres que ceux précédemment cités), je retrouve deux souvenirs qui me semblent aujourd'hui quelque peu ridicules : le petit chatouillement de fierté que je ressentais à demander la clé de ma suite aux concierges obséquieux des palaces où nous descendions, et l'effet quasi miraculeux que produisait sur moi tout renouvellement de ma garde-robe depuis que je m'étais découvert, à ma grande surprise, du sex-appeal (le secret du sex-appeal résidant essentiellement dans l'usage pertinent de la synecdoque vestimentaire : une petite partie à la place du tout).

Ça baignait, comme disait Tobold.

Les colères de celui-ci étaient, d'ailleurs, devenues moins clastiques et le nom détesté de Ronald avait disparu de sa bouche, chassé sans doute par d'autres détestations (les ennemis de rechange ne manquaient pas).

Tobold ne m'effrayait plus. Cindy me choyait. Pierre Barjonas continuait de m'ignorer, mais j'ignorais, à présent, son ignorance. Les informations télévisées me laissaient, désormais, de marbre. Les domestiques qui au début m'intimidaient et devant lesquels je me confondais en excuses, j'avais appris à les traiter avec la désinvolture capricieuse d'une prima donna. Et je ne battais plus morbidement ma coulpe chaque fois que je me délectais d'une des profuses voluptés qu'accorde la richesse. Bref, je croyais stupidement mon âme absoute et mes scrupules dissipés, stupidement car les tourments de la culpabilité demeurent incurables, j'aurais dû le savoir.

Je vivais, j'ai quelque peine à le concevoir aujourd'hui (deux années, depuis, se sont écoulées), je vivais dans une douceur soporifique que j'aurais réprouvée sévèrement six mois auparavant au nom des convictions politiques dont alors je me drapais (marquées, pour résumer, par un sens aigu de l'injustice sociale, un regrettable goût de l'inconfort matériel et moral, une étanchéité affichée aux slogans de toutes sortes, jointe à une incrédulité tenace quant aux doctrines politiquo-économiques en vogue et aux bienfaits qu'elles étaient censées apporter à l'humanité).

Et mon esprit qui, pendant des années, m'avait mieux averti de la brutalité du monde que sept guetteurs sur une tour, mon esprit à présent somnolait doucement et m'accordait toutes les dérogations que je lui requérais.

Les efforts que j'avais produits depuis des mois pour cerner la pensée de Tobold avaient en quelque sorte détruit la mienne. Je n'étais plus capable d'avoir des pensées personnelles. J'en étais même arrivée au point de ne plus avoir de pensées du tout. Et le pire est que je m'en réjouissais.

Les affaires de Tobold ne sont pas mes affaires, me disais-je en mon for. Je n'en ai rien à foutre. Moi je suis écrivain.

Et je bâillais.

Je ne me posais plus de questions, le bonheur est sans pourquoi, n'est-ce pas?

Il advenait encore (bien que de plus en plus rarement) que cette douceur lénifiante où je baignais fût gâchée par l'obscur sentiment d'être complice de je ne savais quel crime et traître à je ne savais quelle cause. Tu ne serais pas une petite profiteuse? me disait, la nuit, la voix détestée de mon tribunal intérieur.

Mais je la faisais taire sur-le-champ (la voix détestée de mon tribunal intérieur) en lui assénant sur la tête l'argument fort massif selon lequel je bernais depuis des mois le roi du hamburger (comme peut-être il me bernait, comme nous nous bernions tous les uns les autres), je le menais depuis des mois en bateau, jouant double jeu, ambiguë comme pas deux, aussi habile et dissimulée que se doit d'être l'écrivain (me réconfortais-je), jusqu'au moment final de la chute des masques où surgirait, à poil et ruisselante, la vérité, on verrait ce qu'on verrait.

J'étais devenue experte dans l'art d'enjoliver mes défaillances.

En attendant le Jugement dernier, je me laissais glisser chaque jour plus avant dans une torpeur exquise dont je ne pouvais mesurer les effets puisque le luxe qui m'entourait me grisait littéralement et ôtait, sans que je m'en aperçusse, les dernières ronces de mon âme.

J'étais sans volonté, enlisée dans une suave léthargie, et plutôt que de chercher, dans un sursaut, à m'en déprendre, je m'en délectais et l'éprouvais comme une libération.

J'étais enfin délivrée de moi, désencombrée de moi, de mes amertumes, de mes suffocations, de mes accaparements, de mes remblais intimes, de mes lâches allégeances, que sais-je?

Je ne m'emmerdais plus avec la question de moi-même.

Ne plus être. Ne plus être. Ne plus être.

Qui donc m'avait mis en tête, un jour, qu'il valait mieux être?

On ne m'y reprendrait plus.

Bercée par les langueurs qu'engendre la fortune et qui sont délectables (car, je le dis, le redis, le martèle et le remartèle: il n'est pas objet au monde plus concupiscible que le luxe), je m'abandonnais douillettement à une molle hébétude, laquelle me payait, en quelque sorte, de la vie sans aisance que j'avais menée pendant près de quarante ans.

Le monde d'avant Tobold n'était plus, désormais, qu'un souvenir. Et je me sentais si coupée de lui que je suivis la chronique télévisée des émeutes françaises comme s'il se fût agi d'un film de fiction.

23

Au mois de mars, nous nous rendîmes à Genève dans le jet personnel de Tobold (son plus gros jouet après sa bite, dit-il, fin plaisantin), à Genève où se tenait un colloque sur la haute technologie, secteur qui le passionnait depuis qu'il avait racheté la société *Hole*. Ce colloque devait, de surcroît, lui fournir l'occasion d'entrer en contact avec un autre grand patron connu du monde entier et que certains avaient l'impudence d'appeler son ex æquo, j'ai nommé : Bill Gates.

Petite mise au point : Tobold ne souffrait pas de rival. Tobold était le seul, l'unique et l'absolument indépassable. Dans de telles circonstances, il importait de le rappeler. Dit-il.

Le lendemain, les deux hommes se croisèrent, se dévisagèrent et se mesurèrent comme deux duellistes, avant de se saluer.

Tobold, telle une fille pour un plan drague, s'était mis à son avantage, very smart, costume Jean-Paul Gaultier chemise Thierry Mugler et estomac rentré.

Bill Gates fit les premiers pas et invita Tobold à passer un week-end à Sun Valley dans l'Idaho pour pagayer le long d'un rapide.

O yes, marvelous, I like it, to overcome the elements, thank you.

Il faudra prévoir, dit Bill Gates, des casques et des gilets de sauvetage.

Pas la peine ! fit Tobold.

Le soir, nous nous retrouvâmes, Tobold, Bill et moi dans une boîte à la mode. Tobold me présenta à Bill comme son escort-girl. Je fis la dévergondée, c'était mon job, avec un talent que mes anciens amis n'auraient point soupçonné. Encouragée par les deux hommes, je bus plus que de raison et me livrai, à moitié nue, à des danses lascives. À la fin de la soirée, je me jetai sur Bill, chuchotai des cochonneries à son oreille (en des termes dont je n'avais jamais imaginé qu'ils pourraient me venir à l'esprit), lui arrachai, mutine, le cigare de la bouche et lui administrai un long et langoureux baiser. Si mon éditeur parisien m'avait vue ! Bill se mit à bander. Nous nous vautrâmes sur la banquette. Cela me plut. J'étais privée d'amour depuis tellement longtemps !

Au retour, Tobold invita Sophie Marceau, qui devait se rendre à New York, à monter dans son jet. Celle-ci était triste parce que le magazine *People* avait insinué qu'elle était bête. Il la consola, la câlina et l'appela Sophie Sophinou Sophinette.

Il se trouva extraordinaire.

Dix minutes après, il l'avait oubliée.

Ce fut lors de ce voyage qu'il me décrivit l'inoubliable expérience que constituait pour lui ce qu'il appelait sa Révélation, ce choc passionné, cet éclair de l'esprit, cette déflagration dans l'âme qui l'avaient en quelque sorte fait entrer en religion.

Tobold, qu'on se rassure, ne fut pas averti de sa Révélation par une voix profonde l'apostrophant au milieu des moutons, ni par la vision béate d'une croix gigantesque jaillissant de sa poitrine.

Il fut saisi d'une illumination à la vue de Josiane, le bonheur vient toujours par les femmes, à la vue de Josiane qui faisait griller des saucisses sur la plage d'Argelès-sur-Mer, écris-le. À la vue de cette jeune fille qui faisait cuire des saucisses sur la plage d'Argelès-sur-Mer et des touristes qui se pressaient sur son stand de fortune, une idée simple et lumineuse jaillit dans son esprit, écris-le, celle d'ouvrir un lieu de restauration rapide que, plus tard, le monde entier appellerait fast-food. Et cette idée, note-le, mon petit, cette idée, écrivis-je, fermenta dans sa bouillante cervelle et s'empara de lui tout entier, et il la tourna et la retourna, la rumina et la rerumina, la ressassa et la reressassa. Pendant trois années il eut cette unique idée en tête : faire manger les gens aussi vite qu'ils faisaient le reste, aussi vite qu'ils bougeaient, aussi vite qu'ils pensaient, aussi vite qu'ils aimaient et qu'ils désaimaient. Alors, un jour, il s'en ouvrit à ses amis, mais ses amis lui rirent au nez, les Français, me dit-il, sont des gagne-petit, ils n'ont que peu de goût pour les idées nouvelles, à moins qu'elles ne rapportent de petits avantages. C'est bien vrai, répliquais-je, car pour une fois j'étais entièrement de son avis. Les Français sont des trouillards, me dit-il. C'est bien vrai, approuvai-je. Ils obéissent comme des veaux aux ordres de la mode et font dans leur culotte devant le moindre chef. Heu, dis-je. Tu me connais, pas question de perdre mon temps à convaincre des lopettes, dit-il en se remontant les testicules. Note-le.

Tobold n'a pas l'esprit français, écrivis-je. Il a l'esprit mondial.

Suite de l'histoire : Tobold décida alors de quitter la France afin de ne pas sombrer dans la plus totale mélancolie, c'était en 1975, il avait vingt-cinq ans.

Et le 15 mars 1975, il s'envola pour l'Amérique avec pour tout bagage une petite Bible, écris-le, c'est capital, une petite Bible sur la couverture de laquelle figurait un Jésus habillé en layette et faisant le geste incongru de tirer en l'air, les deux doigts de sa main levés droit vers le ciel.

Il en commença la lecture dans l'avion et y puisa une détermination telle qu'il se décida à la lire en entier.

Il exultait.

Il avait enfin trouvé son maître.

Trop fort.

Il se dit en effet qu'il allait suivre en tout point l'exemple de l'Incarné, c'est ainsi qu'il désignait notre saint Christ, lequel sut transformer, dit-il, une petite troupe de minables et de va-nu-pieds en une multinationale prospère, chapeau ! chapeau ! chapeau !

À l'instar de l'Incarné, écris-le, il s'en tiendrait à un seul concept, un seul mais accessible et d'une bonne accroche. Car il faudra que tu le rappelles dans l'évangile, me dit-il, c'est parce qu'il n'eut qu'une idée, une seule, que l'Incarné niqua les Grecs et les Romains, lesquels brassaient des pensées beaucoup trop subtiles, trop nombreuses, trop emberlificotées, trop sophistiquées et trop élucubrantes.

À l'instar de l'Incarné qui avait inventé la propagande, écris-le, il propagerait son food concept partout où l'homme vit, des confins aux confins, jusqu'à Thulé l'ultime et sur des sols jamais foulés. Et il le ferait valoir. Et il l'imposerait. Et il le vendrait à la planète entière. Et il le ferait triompher, comme l'Incarné avait fait triompher un ciel tout dégouttant de promesses absurdes, plus les promesses sont absurdes mieux elles sont gobées, mon petit.

Car l'Incarné, souviens-t'en, l'Incarné ne resta pas

les bras ballants, comme un con, avec son message incroyable. Il se démena comme un beau diable, si j'ose dire, dit-il. Il démarcha sans répit, aucun représentant de commerce n'aurait aujourd'hui cet allant. Il ne fit qu'aller et venir, gravir et dévaler, marcher sur la terre et les flots, sillonner en tous sens des pays acariâtres, portant en tous lieux sa parole enchantée, de Capharnaüm à Bethsaïde, de Césarée à Samarie, de Jérusalem à Jéricho, il faut dire que la Terre, en ce temps-là, était plate et les voyages à pied, plus aisés.

Et lors de ses tournées publicitaires, écris-le, c'est essentiel, c'est capital, l'Incarné, aidé de son staff de martyrs, ne commit pas l'erreur idiote de se cantonner au public des cultivés et des savants, dont le nombre est toujours, on le sait, infinitésimal. Il ratissa large, écris-le en très gros, écris-le en lettres majuscules, écris-le en caractères énormes. Le Christ ratissa large, écrivis-je. Il s'adressa aux ignares, aux ratés, aux paresseux, aux incapables et aux débiles, c'est en ça que consista sa réussite, c'était ça la super-idée, mon petit, il s'adressa aux circoncis et aux non-circoncis, aux pauvres et aux moins pauvres, aux femmes et aux enfants, aux concierges, aux paumés, aux ploucs, aux paralytiques, aux pêcheurs de sardines, aux préfets, aux prélats, aux professeurs. Il s'adressa à tous. Il s'adressa au peuple. À tout le peuple. Il visa tous les publics, quelle méga-idée ! Tous azimuts. Ciblage illimité. Quel génie ! Et à tous il fit croire l'incroyable, et à tous il ouvrit les portes de l'espérance, chapeau bas ! Et le bouche à oreille fonctionna avec une efficacité d'enfer, si j'ose dire, dit-il.

Lors donc, écrivis-je dans mon carnet, Tobold ayant procédé, à sa manière, à l'exégèse du saint Livre, et pris modèle sur le premier entrepreneur planétaire et le premier publiciste planétaire dénommé Jésus-Christ, il décida, pour monter le projet qui l'obsédait, de s'en tenir à un seul food concept, lequel se pouvait ramasser dans les deux chefs suivants:

1 – combler le besoin de pain et de patates qui est un besoin universel des hommes:

a – d'expéditive manière,

b – au prix le plus bas,

c – en offrant en tous lieux et au même moment le même produit, ce que Tobold appelait, non sans humour, son communisme;

2 – relever le goût du pain et la patate (nourritures fort bourratives et reconstituantes) par un accompagnement plus sexy, fait de viande prémâchée, le gain de temps masticatoire ainsi obtenu s'avérant inestimable.

Et Tobold qui n'était pas, comme tant d'autres (que je ne nommerai pas), à remuer du vent, Tobold l'homme des décisions promptes et des actions vigoureusement menées, Tobold l'homme qui empoignait les situations d'une main si intraitable que nul au monde ne pouvait le fléchir, Tobold, tout à son plan ci-dessus mentionné, s'acharna à le mettre en pratique et à le conssubstantier, c'est le mot qui convient, dans le pays idoine, c'est-à-dire le pays le plus éminemment propice aux obèses: les États-Unis.

Il se mit à pied d'œuvre.

Il acheta un restaurant, puis deux, puis dix, puis vingt, puis cent, puis cent mille.

Il élimina des menus leurs trente-six plats qu'il réduisit à trois.

Il élimina les préparations qui réclamaient l'usage des couverts et élimina les couverts, combles du superflu (les doigts ayant, de surcroît, cet avantage sur les fourchettes, d'être gratuits).

Il élimina la vaisselle à fleurs de mémé qu'il remplaça par des assiettes en carton, jetables.

Il élimina les verres à pied qu'il remplaça par des gobelets plastique, jetables.

Il élimina tous les vains ornements.

Il élimina tout ce qui était éliminable, et surtout la beauté, quelle pitié.

Il élimina les cuisiniers, jetables.

Les chefs de rang, jetables.

Les serveurs, jetables.

Les sommeliers, jetables.

Les maîtres queux, jetables.

Les maîtres d'hôtel, jetables.

Les maîtres sauciers, jetables.

Tobold le roi du hamburger prospéra en éliminant sur son passage tout ce qui était éliminable. Prospérer en éliminant, tel était son credo. À dégager en était la formule. Et le jour où Tobold alla mal, parce qu'un jour Tobold alla mal, juste retour des choses, il s'accusa d'être le plus grand éliminateur de tous les temps, mais j'anticipe.

Sur le modèle des chaînes de montage, mises en lumière dans le film de Chaplin *Les Temps modernes*, et que certains esprits grincheux avaient qualifiées de «vexantes» pour l'homme, on se demande bien pourquoi, il dissocia les diverses tâches de ses employés de sorte que : l'un fût cantonné à la cuisson des burgers (1), le deuxième à leur emballage (2), le troisième à la caisse (3), avec toutes les possibilités de combinaisons imaginables : 1,2,3 – 1,3,2 – 2,1,3 – 2,3,1 – 3,2,1 – 3,1,2. Et que ça saute ! Et que chacun se montre d'une disponibilité intérieure parfaite ! Comme lorsqu'on écrit un poème ? demandai-je sans réfléchir. Il rigola. Et que chacun se montre ravi de répéter son geste. (Tel celui de

153

remonter ses grelots au cas où ils choieraient, ricanai-je en moi-même, car je n'étais pas la sainte-nitouche que l'on croyait.) Et qu'il déploie aimablement son savoir-faire, ai-ma-ble-ment, note-le, avec com-pé-tence, note, et prag-ma-tisme, note, note.

Je ne sais ce qui me prit, je lui lançai, saisie d'une folle impulsion : Ainsi les décérébrés seront les premiers !

Mais il ne prêta nulle attention à ma remarque. Il ne prêtait généralement nulle attention à mes remarques, qu'elles portassent sur les cérébrés, les décérébrés ou les décérébrants, sauf lorsqu'il éprouvait le besoin subit de se divertir. Il considérait en effet que, si les écrivains détenaient l'art délicieux d'amuser les bourgeois par trois saillies et deux mensonges, ils étaient d'une incidence nulle sur la marche du monde, totalement à la ramasse sur les questions d'économie, totalement dépourvus d'esprit pratique, totalement inutiles et, de plus, fiers de l'être, des prétentieux, toujours à vous toiser du haut de leurs nuées, à vous juger en prenant de grands airs, à voir le mal partout, et à faire des mystères avec des mines de spirites, tu ne l'écris pas ?

Je constatai alors, poursuivit-il, qu'en un rien de temps le gain obtenu par ces successives et radicales élimina-tions était énorme : plus de superfluités dans le fonction-nement et, pour denrées : rien que de la merde.

Tobold prononça ces derniers mots avec un soupir qui venait du plus profond de sa poitrine, et lorsque j'y repense, aujourd'hui, je me dis que ce fut le signe pré-curseur de la crise morale qui ne ferait que s'amplifier les semaines suivantes et le conduirait à déclarer qu'il n'était rien d'autre qu'un président de la merde pro-posant aux hommes de se nourrir comme des porcs.

Dominus merdae.

Mais cette merde a bon goût, corrigea Tobold juste

après le soupir qui lui avait échappé, je vais t'expliquer pourquoi, mon petit.

Cette merde, j'ai eu l'idée proprement miraculeuse de l'a-ro-ma-ti-ser, me chuchota-t-il, sur le ton de quelqu'un qui vous livre un secret de la plus haute importance.

S'il ne put consentir à me livrer le secret de la formule de l'arôme qui donnait à ses burgers leur goût délicieux de viande grillée au feu de bois, car il fallait qu'en dehors de lui et du chef de labo personne ne la connût, il y allait d'une fortune et du prestige de la marque, Tobold le roi du hamburger m'accorda, en revanche, l'insigne privilège de retranscrire dans l'évangile la formule chimique de l'arôme des Milk Shake qui étaient vendus dans ses fast-foods, formule composée des éléments suivants, note-le:

– acétate d'éthyle.

Plaît-il? dis-je.

– acétate d'éthyle, répéta-t-il avec force.

– acétate d'éthyle, notai-je.

– butyrate d'amyle, poursuivit-il.

Comment? dis-je.

Oh là là, dit-il, à ce rythme on n'y arrivera jamais.

Il alla chercher la liste écrite des arômes, me la tendit, et je lus à voix haute:

– valérate d'amyle,

– anéthol,

– formate d'anisyle,

– acétate de benzyle,

– isobutyrate de benzyle,

- acide butyrique,
- isobutyrate de cinnamyle,
- valérate de cinnamyle,
- diacétyle,
- kétone de dipropyle,
- amylkétone d'éthyle,
- butyrate d'éthyle,
- cinnamate d'éthyle,
- heptanoate d'éthyle,
- heptylate d'éthyle,
- lactate d'éthyle,
- méthylphénylglycidate d'éthyle,
- nitrate d'éthyle,
- propionate d'éthyle,
- valérate d'éthyle,
- héliotropine,
- hydroxophényle-butanone,
- ionone,
- anthralinate d'isobutyle,
- butyrate d'isobutyle,
- maltol,
- méthylacétophénone,
- anthranilate de méthyle,
- benzoate de méthyle,
- cinnamate de méthyle,
- carbonate d'heptine de méthylkétone,
- naphtoate de méthyle,
- salicylate de méthyle,
- huile essentielle de menthe,
- huile essentielle de néroli,
- néroline,
- isobutyrate de néryle,
- alcool de phénéthyle,
- éther de rhum,

– indécalactone,
– vanilline,
– solvant.
C'est tout? dis-je, pour rire.

25

Salope, c'est une salope, écris-le, que l'humanité entière le sache, que l'humanité entière la déteste comme je la déteste, écris-le, je te dis.

Tobold, pour la première fois, me sembla malheureux sous les dehors de la colère, et je ne pus m'empêcher de penser que son chagrin avait partie liée avec la visite inopinée de sa mère et les événements complexes qui s'étaient ensuivis.

Depuis qu'elle avait vu son fils à la télévision et dans les journaux people, la mère de Tobold avait cherché par différents moyens à entrer en contact avec lui, dans l'espoir qu'il l'aiderait à sortir de la dèche.

Ayant appris qu'un des sièges de la chaîne se trouvait à Paris, elle fit spécialement le voyage depuis Toulouse, accompagnée de Kevin, son dernier, qu'elle avait eu d'un Serbe de passage.

Maquillée comme une pute, boudinée dans une robe qui moulait son gros ventre (la maman de Tobold manquait cruellement de sens historique et se présentait comme la mère du premier venu), elle s'immobilisa, fort émue, devant la façade imposante de l'immeuble surmonté des mots *King Size* en lettres arrogantes, puis pénétra dans le hall éclaboussé de lumières roses.

Tout ce marbre l'intimidait.

Elle respira profondément.

Regardant autour d'elle, elle aperçut le gigantesque portrait de son fils Jim accroché sur un mur. Elle tomba en extase. Ton frère, murmura-t-elle avec ferveur à l'oreille de Kevin.

Puis s'arrachant à sa contemplation : Jeanine Tobold, la maman de Jim Tobold, annonça-t-elle à l'hôtesse d'accueil, qui la regarda avec une circonspection offensée, décida de l'expulser sur-le-champ, puis lui fit répéter, par trois fois, son nom de famille.

L'hôtesse, contrariée, prévint Tobold par téléphone que sa mère et son frère se tenaient dans le hall.

Alors Tobold, se renversant contre le dossier de son fauteuil, prononça ceci : Qui est ma mère et qui est mon frère ?

Et étendant sa main vers Cindy et Pierre qui, par hasard, se trouvaient là, il dit :

Voici ma mère et voici mon frère, car quiconque fait ma volonté est ma mère et mon frère.

Dis que je suis vieille, tant que tu y es, rétorqua Cindy.

Quelle mouche la piquait ? Était-ce un début d'insubordination ? Non mais !

Tobold foudroya l'impudente, puis, à l'hôtesse d'accueil qui attendait la réponse téléphonique, il cria : Dites à ma mère que j'ai mouru.

Que j'ai comment, Monsieur ?

Que je suis mort, et qu'elle aussi !

Et il raccrocha si violemment que quelques touches du clavier, sous la brutalité du choc, giclèrent dans les airs.

La mère de Tobold, interviewée le lendemain sur une chaîne de télévision, se vengea de l'affront infligé par son fils et déclara que Tobold avait toujours été un cancre à l'école et que c'est à peine s'il savait lire. Mais paradoxalement, cette révélation fit monter, les jours suivants, la cote de Tobold mesurée mensuellement par les instituts de sondage.

La mère de Tobold confia également qu'elle avait repéré, dans l'enfant qu'il était, en même temps qu'une inaptitude totale aux exercices littéraires, il ne tient pas de moi, les indices pressants d'une tendance à écraser autrui, raison pour laquelle il fut renvoyé de cinq écoles publiques et placé dans un centre de rééducation tenu par *Les Sœurs de la Sainte Face* qui lui apprirent, dit-elle, l'essentiel.

En quoi consistait cet essentiel?

En l'amour du petit Jésus, son idole avec Sterling Hayden dans *Asphalt Jungle* (elle prononçait Asphalte Jungle, n'ayant jamais appris, la misérable, la langue anglaise).

Sterling Hayden et le petit Jésus. Tout s'éclairait.

Dans les jours qui suivirent, Tobold se plaignit de fatigue générale et resta quatre jours enfermé dans sa chambre après avoir donné l'ordre formel que nul n'en franchît le seuil, ni Cindy, ni Pierre, ni aucun domestique, ni moi.

Mais la douceur de ma nouvelle vie engendrait un tel engourdissement de mon esprit que je ne prêtai guère attention à des signes qui, en d'autres temps, m'eussent alertée.

Je profitai des brèves vacances que la réclusion de Tobold m'accordait, pour courir avec Cindy les boutiques de luxe. Je m'achetai un manteau Dior, deux sacs à main Gucci, trois robes ultra-sexy, un parfum érotogène et des dessous coquins (j'avais depuis longtemps jeté aux orties mon côté collet monté, de la même manière que je m'étais débarrassée de ce ton de réserve que je croyais, autrefois, la marque du bon goût; j'avais aussi appris à remuer mon cul – à défaut de mes idées – ainsi qu'à balancer, à l'occasion, des horreurs sur un ton frivole. En un mot, j'étais devenue présentable).

Tobold réapparut quatre jours après, plus las, me sembla-t-il, le visage plus sombre et comme endolori, et quelque chose d'assourdi, d'éteint dans sa présence. Quelque chose de morne.

Tobold réapparut, disais-je, et les world foods avec Pierre pour prises de position stratégie reprirent de plus belle, les staffs recommencèrent pour savoir qui dégommer, et quand, une réunion avec les fiscalistes fut décidée à la hâte afin de trouver la parade contre les inspecteurs de la commission de contrôle venus éplucher les comptes, un coup dur! mais peut-être un petit présent les rendrait-il moins tatillons, les briefings se multiplièrent afin de concevoir de nouveaux gadgets à joindre aux menus promo, les séances de motivation s'ajoutèrent aux séances de gestion du stress, les conciliabules avec le chien Dow Jones s'allongèrent notablement (au point d'inquiéter la secrétaire Joséphine) et les audiences accordées aux sommités se succédèrent au même rythme qu'avant.

Tobold n'eut pas un instant de répit. Et je remarquai les cernes sous ses yeux et, dans ses gestes, une lenteur inhabituelle, une lassitude distraite, signes que je notai stupidement sans pouvoir leur donner un sens, lequel m'apparaîtrait plus tard, comme il advient presque toujours.

Le 6 mars, Tobold reçut Son Excellence le président de la Pologne, un catholique ultra, qui se déclara favorable à d'autres implantations de *King Size* dans son merveilleux pays pour le rendre plus merveilleux encore, un havre de douceur, un petit paradis, une sorte d'Éden dans notre vallée de larmes, dit-il.

Tobold lui fit part de son projet d'associer à l'ingestion des hamburgers la lecture des Saints Évangiles et d'imprimer des versets de la Bible sur le fond des gobelets de soda, car le boire et le manger ouvraient l'âme, contrairement à ce que l'on croyait, d'ailleurs *agapé* signifiait amour, n'était-ce pas ? Et Son Excellence le président de la Pologne fut tout bonnement enthousiasmé.

Mais sitôt l'Excellence partie, Tobold déclara qu'il en avait marre de cette engeance, qu'il en avait marre et plus que marre de faire le mariole devant des culs-bénits, et que si ça continuait, si ça continuait, si ça continuait

26

Et ça continua.

Le lendemain, Tobold convoqua en urgence ses principaux collaborateurs pour leur faire part d'une révélation géniale qu'il avait eue pendant la nuit et qui répondait, en quelque sorte, à leur taraudante question: Qui donc est le plus grand? (Tobold et ses collaborateurs étaient tous obsédés par des rêves de grandeur et de grosseur qui prenaient diverses formes, pas forcément sexuelles).

Et Tobold dit: Qu'on m'apporte Lili, la fille de Joséphine. Il avait le sens du théâtre.

Et la petite Lili que Joséphine, la secrétaire, avait eu ordre d'amener, apparut dans une robe blanche de princesse. Et Tobold la souleva dans ses bras et la posa sur la grande table de la salle de réunion. Alors il dit: Voilà la plus grande en soumission et innocence car non seulement elle avale sans broncher les burgers qu'on lui donne, mais elle en redemande. Démonstration.

Alors Tobold demanda à Lili: Veux-tu un cheese burger, ma chérie?

Et Lili, penchant sur lui son front pur, dit: Oui oui oui, tout en tapant des mains.

Alors les douze collaborateurs de Tobold regardèrent la scène avec une attention recueillie, je dirais même béate, à l'exception de Pierre qui était en train de rédiger sa note de frais.

Et voilà comment Tobold convainquit ses douze condisciples qu'ils devaient miser à fond sur les petits enfants s'ils voulaient voir quadrupler leur chiffre d'affaires.

Alors Tobold dit: Les petits enfants, mes amis, sont les anges à notre solde. Ils magnifient notre œuvre de la fraîcheur de leur connerie et innocentent nos profits de leur cœur pur et de leurs boucles blondes. Et après une profonde inspiration, il ajouta: Les petits enfants, mes amis, sont nos brebis, nous les appelons et ils viennent.

Pierre Barjonas leva le doigt:

Des anges ou des brebis?

Tobold le regarda avec une férocité si visible que le sourire qui étirait la bouche de Barjonas mourut, tué net.

Tu ferais mieux de la fermer, dit Tobold d'un ton sans réplique, car il réservait, comme je l'ai déjà signalé, les marques surérogatoires de la politesse aux archevêques, aux généraux du haut commandement et aux ambassadeurs des républiques baltes. Et Pierre Barjonas, pour lui complaire, se mit à bouder.

Puis Tobold, s'adressant aux douze, dit:

J'ai eu, mes amis, la révélation que voici: celle d'instiller insidieusement dans le tendre cœur des enfants le vice de la frite et du burger afin que, durant toute leur vie, ils s'en empiffrent.

Car les enfants sont naturellement concupiscents, dit-il, les psychanalystes l'affirment.

Car leur docilité est naturelle, le Saint-Esprit en a disposé ainsi.

Car ce qu'ils apprennent dans les premières années de leur vie constituera leur être pour tout leur avenir.

Car il n'est point besoin d'extorquer leur acquiescement, gentiment ils nous l'offrent.

Et leur petit cœur, quoique inachevé, est irrésistiblement ému par les frites, les hamburgers et les jouets articulés, toutes choses auxquelles *King Size* pourvoit paternellement.

Et leur âme, quoique menue, demeure ouverte à toutes les suggestions, pourvu qu'elles soient formulées sommairement et assorties d'une carte Pokémon, d'un bonbon, d'un préservatif, mais où ai-je l'esprit?, d'un stylo, d'un ballon, d'une peluche ou de toute autre nunucherie en plastique rose.

Certes, leur cerveau, n'est pas encore tout à fait mûr pour s'adonner à la critique marxiste et/ou debordienne de la Marchandise, dit Tobold, mais il est fort sensible en revanche aux discours prononcés par la voix mâle et nonobstant oblative du papa dont je suis la parfaite incarnation.

Car leur papa, c'est moi, s'écria-t-il. Qu'on ne s'y trompe pas. C'est moi et non ces malheureux qui par hasard les engendrèrent, les prirent dans leurs bras, puis aussitôt les reposèrent pour courir vers d'affreuses besognes. Tous les enfants sont mes fils, s'écria-t-il, et ils marcheront un jour dans mes ordonnances.

(J'eus le sentiment que Tobold déraillait.)

Et moi, le Papa Total, le Putatif Papa, le Super-Papa Planétaire, je m'en vais déposer en leur candide cœur cette canonique certitude: la frite, le burger, et rien d'autre! Et elle sera pour eux la très sainte vérité. Et ils l'accueilleront sans piper. Et ils la répandront avec des grâces d'anges. Ainsi soit-il.

(Tobold commençait à m'inquiéter sérieusement.)

Car les petits-enfants savent engager (Tobold était lancé), savent engager mieux que quiconque vers la très sainte cause, leurs papa maman, leurs tatie tonton, et leurs papi mamie, souvent plus rétifs qu'eux-mêmes aux vertus de la frite, plus suspicieux de nature, et dotés, pour certains, d'un esprit chipoteur, surtout s'ils sont trotskistes (rires). Et de surcroît, les petits enfants le font à titre bénévole, dit Tobold, à titre bénévole, je le souligne, comportement que nous avons le sublime devoir d'encourager, car les petits enfants doivent rester nos chérubins, nos cœurs purs, nos roses angelots, nos âmes immaculées totalement étrangères aux tripotages financiers et autres immondes trafics qui corrompent l'esprit, il n'y a qu'à regarder autour de soi pour s'en convaincre.

Un silence gêné accueillit le trait final de son homélie.

À la suite de quoi, Tobold se redressa et, yeux au ciel mains jointes, saintement déclara: Les enfants seront les instruments du Nouveau Règne, celui de la frite rapide et du hamburger son ami, baptisés par moi *King Size* et dont les lettres brillent dans le monde entier, alléluia.

J'eus la conviction, alors, que Tobold débloquait.

J'eus la conviction qu'il y avait de la folie en ses paroles, bien que cette folie prît l'aspect d'une folie normale, d'une folie parfaitement accordée à l'air du temps, parfaitement admise, d'une folie que ses collaborateurs, par crainte de déplaire ou par aveuglement, plébiscitaient sans réserve.

Était-ce l'excès de cocaïne qui l'amenait ainsi à déraisonner? Ou bien sa folie couvait-elle depuis longtemps sous la cendre sans que nul ne la décelât?

Devais-je me porter à son secours? Faire en sorte qu'il se soignât dans les meilleurs délais? Alerter Cindy sur ce qui m'apparaissait comme une altération de sa raison? (Mais Cindy l'avait paré de tant de qualités qu'il était pour elle inconcevable qu'il pût un jour déchoir.)

Je ne savais que faire.

Et comme nul, en dehors de moi, ne semblait s'émouvoir de l'insanité de ses paroles, je décidai de museler mes craintes et refoulai de mon esprit ces embarrassantes pensées, c'était un art dans lequel j'excellais, refouler, refouler, refouler jusqu'aux tréfonds.

Mais peut-être, après tout, était-ce moi qui retardais d'un siècle ? me dis-je. Peut-être étais-je totalement has been, accrochée au passé le plus mort, comme Tobold me l'avait souvent reproché, d'ailleurs, disait-il, tous les écrivains sont has been, ils se croient supérieurs alors qu'ils sont complètement dépassés, complètement à la traîne dans la marche du siècle, complètement largués et toujours à défendre des causes perdues, c'est pitié.

Peut-être étais-je trop encombrée par ce que Tobold appelait dédaigneusement mes principes, et incapable de faire à mon époque les concessions qui s'imposaient ?

Peut-être restais-je encore trop agrippée aux parapets de la vieille Europe, de la vieille culture d'Europe, du vieil esprit d'Europe et de ces vieilles mœurs ? Peut-être n'avais-je pas compris que nous avions changé définitivement et d'ordre et de valeurs ? Peut-être n'étions-nous, certains de mes anciens amis et moi-même, qu'une arrière-garde mourante, qu'une poignée de vieilles bêtes attachées à de vieilles lunes, un tas d'archives poussiéreuses que plus personne, jamais, ne consultait (chaque fois que j'abordais la question de la littérature, je me faisais mal), les derniers survivants d'un vieux rêve ? Peut-être nos pensées étaient-elles devenues incompréhensibles à la plupart des hommes, perdues ? Et la folie, l'obscurité, du même coup, s'étaient-elle rangées dans notre camp ? C'était possible.

Vite, il fallait que je chasse vite de mon esprit tous ces questionnements avant qu'ils ne se matérialisassent en une pensée solide et ne me tourmentassent davantage.

Après la réunion, Pierre, loin de partager mes alarmes, ne fit que renchérir sur le concept de Tobold qu'il trouvait extra, super, payant, positif et, pour faire bon poids, génial. Puis il proposa, afin de ne pas être en reste, de créer des centres de désintoxication cinq étoiles destinés aux enfants de vedettes accros aux hamburgers. Financièrement parlant, mieux valait guérir que prévenir, dit-il. Et dans le même ordre d'idées financièrement parlantes, mieux valait l'insécurité que la sécurité, la peur que le calme et la fin du monde que la paix éternelle (me dis-je). Au demeurant, certains hommes politiques y œuvraient. Des noms?

C'est à voir, répondit Tobold qui détestait qu'on lui soumît des suggestions. Mais en attendant, dit-il, il faut frapper juste et mettre toute la gomme sur les gnards. Je veux que le monde entier retombe en enfance. Je veux que l'endoctrinement liminal et subliminal des moins de quinze ans fasse d'eux nos meilleurs apôtres.

Et dans les jours suivants, il engagea l'agence de pub *White Snow*, spécialisée dans les causes enfantines, afin qu'elle inventât un slogan attractif pour vendre ses patates. Et l'agence *White Snow*, qui avait d'abord songé au très commercial *Laissez venir à moi les petits enfants*, puis qui s'était rétractée par crainte d'être accusée d'incitation à la pédophilie, proposa finalement *King Size le Paradis des Enfants,* beaucoup moins équivoque mais tout autant putassier, et tous les enfants du monde prirent aussitôt ce slogan comme parole d'évangile.

Dès cet instant, Tobold, tout à sa réflexion sur le pouvoir des petits enfants et leur influence décisive sur le marché agroalimentaire, se mit à observer Lili, la fille de Joséphine, que je trouvais, pour ma part, extrêmement conventionnelle.

Tobold l'observa parce qu'elle avait huit ans, c'est-à-dire quatre-vingts ans de consommation devant elle, Un boulevard, me dit-il en caressant fiévreusement ses pudenda (étaient-ils les bosses de sa combativité?).

Il la questionna longuement, lui que les enfants horripilaient, sur ses ice-creams préférés (les Jolicônes au chocolat), ses actrices préférées (Julia Roberts), ses chanteuses préférées (Beyoncé), ses boissons préférées (le Cola-Coca), ses gourmandises préférées (les bonbons *King Size* en forme de frites, elle en était folle) et ses écrivains préférés (elle ignorait ce qu'était un écrivain et, à tout hasard, répondit Bambi).

Mais, sur la liste de ses préférences extrêmement conventionnelles, la petite Lili plaça en tête, à la stupéfaction de Tobold: le petit Jésus, qui était gentil avec les lions et les petits enfants, faisait marcher les paralysés comme sa mamie Monsé, et montait dans une fusée intergalactique à décollage vertical (elle en avait vu les photos) chaque fois que sa maman l'embêtait.

Ça déchire! se dit Tobold en lui-même. Et il eut alors cette idée, lumineuse comme la vérité: il décida de créer la mascotte *Petit Jésus,* une miniature en plastique rose, drapée d'une tunique blanche, arborant un sourire niais et portant de longs et bouclés cheveux bruns.

Puis il demanda à Joséphine, la maman de Lili, d'organiser un faux anniversaire afin que fût testé sur d'autres enfants le nouvel hamburger au chorizo et le nouveau jouet nommé *Petit Jésus*.

Et Joséphine invita des enfants de vedettes que nous ne nommerons pas. Et les enfants raffolèrent des nouveaux hamburgers au chorizo et surtout du nouveau jouet nommé *Petit Jésus*, et ils le dirent à leurs mamans qui le dirent à une journaliste de *People* qui le dit à une présentatrice de *Fox News* qui le dit aux infos de 20 heures. Et ce fut une démence. Tous les enfants du monde voulurent leur *Petit Jésus* articulé en plastique rose. Et Tobold, sur sa lancée, créa un site *Petit Jésus*, une ligne de cassettes vidéo *Les Aventures de Petit Jésus* (dans lesquelles *Petit Jésus* s'exerçait avec talent aux arts martiaux), et une organisation caritative pour enfants nommée *Autour de Petit Jésus*.

Après d'âpres négociations, Tobold racheta à Paul Bradis sa grande usine de jouets dans le Massachusetts, et alors, mais alors seulement, il put oublier le *Petit Jésus* et la cause enfantine et passer à d'autres affaires, beaucoup moins christiques.

27

Tobold, quelques jours après, s'ouvrit à moi d'une autre révélation qu'il avait eu six mois auparavant, la révélation extraordinaire, écris-le, de convertir tous les fermiers de l'Idaho à la Libre Économie dont il était le desservant. Mais il lui restait comme un remords en son cœur dont il ne pouvait se défaire, comme une angoisse qui le minait, ne l'écris pas, on va me prendre pour une gonzesse, comme une morsure en son âme, car Tobold avait une âme, j'en témoigne, contrairement à ce que prétendaient ses détracteurs, et il n'était pas exclu, au demeurant, que j'écrivisse un article intitulé «De la réalité de l'âme toboldienne et de la réalité du hamburger à l'oignon», mais je m'égare, c'est la fatigue.

Tobold avait dit aux fermiers : Vendez-moi vos terres et vous serez délivrés des soucis propres aux possédants, qui vous rendent hargneux et vous font le teint hâve. Et tous ceux qui cultivaient des champs de patates les vendirent à Tobold, le Patron Total, qui possédait désormais des milliers d'hectares dans l'Idaho. Et en récompense, Tobold leur ouvrit toutes grandes les portes de l'usine de frites la plus vaste du monde, la *Limb Company* qu'il avait rachetée à George Limb pour une poignée de dollars. Et les fermiers devinrent alors des employés modèles de la firme *King Size* et, comme par enchantement, ils perdirent leur arrogance et se la pétèrent moins (dit Tobold).

Mais l'un d'eux, nommé Ananias, refusa de céder la totalité de ses terres à Tobold et souhaita garder, mesquinement, une parcelle par-devers lui. Ce qui énerva fortement Tobold, qui multiplia auprès de l'Ananias un tintamarre de menaces, chantages, tonnerres, éclairs et allégations mensongères, et pour finir, une dénonciation en bonne et due forme à l'inspection des impôts. Tant et si bien que l'Ananias, qui avait du cholestérol dans le sang pour avoir mangé (par angoisse) trop de frites, tomba un jour foudroyé et succomba d'un infarctus du myocarde.

Le bruit s'en répandit. Et les fermiers des environs accoururent car ils manquaient cruellement de distractions.

Trois heures après sa mort, l'épouse d'Ananias arriva de la ville. Un attroupement s'était formé devant la porte de sa maison, qui l'intrigua.

Pierre Barjonas était déjà sur place. Il lui parla ainsi : Est-il vrai que ton époux a osé défier le grand Tobold en refusant de lui vendre ses terres à patates ?

Oui, répondit-elle, car mon mari n'est pas, comme ceux-là, une lopette.

Eh bien, voici ce qu'il lui en coûte, dit Pierre.

Et, sans pitié, il lui montra le mort qui gisait sur le plancher de la salle à manger. À cet instant, l'épouse s'effondra à ses pieds et mourut à son tour. On se serait cru dans un mauvais film.

Voyant cela, les fermiers attroupés devant la porte de l'Ananias furent saisis d'une immense frayeur. Et tous pensèrent qu'il était dangereux de résister à la grandeur toboldienne. Et lorsque Tobold leur dit : Venez à moi, venez, ils s'empressèrent de s'inscrire à l'usine et abandonnèrent leurs biens sans qu'on eût à les en prier. Certains, bêtement, se suicidèrent, dans l'unique dessein de rendre difficiles les tractations patatifères menées sur place par Schlocher, l'envoyé de Tobold qui se prenait vraiment pour l'envoyé du ciel, comme d'ailleurs un certain nombre de directors qui travaillaient sous l'autorité du grand homme.

Les éleveurs de bétail, poussés par une crainte identique à celle des fermiers, s'empressèrent de vendre à Tobold veaux vaches cochons brebis et régiments de poules.

Et tous ces animaux que j'avais achetés, dit Tobold dans un sanglot brutal qui me déconcerta, tous ces animaux furent regroupés dans des camps d'engraissement à Columbus dans le Nebraska. Et sais-tu avec quoi ils furent nourris? me demanda-t-il, bouleversé. Avec de la sciure, du papier journal et de la merde! s'écria-t-il. Avec de la merde! Avec de la merde! répétat-il, et il se mit à pleurer comme un enfant. Je suis le Président de la Merde. Tobold est le Président de la Merde, balbutia-t-il dans ses larmes. Tobold est le Président de la Merde qui œuvre à la mondialisation de la Merde, dit-il, tandis que de grosses larmes coulaient de ses yeux.

J'appelai aussitôt Cindy, laquelle, éperdue d'inquiétude, fit irruption dans le bureau au moment où Tobold balbutiait dans les larmes: Je vais tout planter là! Je vais me casser loin d'ici et tout envoyer dinguer! D'ailleurs tout est foutu et tout va à la ruine.

Cindy et moi l'adjurâmes de revenir à la raison.

Mais Tobold continua de protester qu'il était le Président de la Merde qui avait mondialisé la Merde, et qu'à ce titre il méritait de vivre comme un porc avant que de finir pendu à l'abattoir.

Alors, pour le réconforter, nous lui assurâmes qu'il était le plus fort et le plus méchant des magnats, que sa maison était la plus chère du monde, que son yacht était le plus long, que sa firme était la plus grosse, que le Dow Jones avait considérablement grimpé, qu'un nouveau fast-food s'ouvrait dans le Tadjikistan, que Ronald était une ordure et qu'il s'était enfui aux îles Vierges, les bien-nommées, pour y purifier sa fortune, que sa mère était une salope, que Bill Gates l'avait dans le, et que le magazine *People* lui faisait les honneurs de la première page.

Tobold était inconsolable.

Et nous eûmes le sentiment que quelque chose en lui le resterait à tout jamais.

Il ne m'est pas aisé de l'avouer, mais son inconsolation, en quelque sorte, me rassura.

Elle me semblait, curieusement, de bon augure.

28

Tobold était inconsolable et Cindy qui ne savait plus quel discours inventer pour apaiser son chagrin et faire taire ses terrifiques prédictions fit appel à Pierre Barjonas, lequel eut une idée.

Si l'on construisait un sanctuaire à ta gloire ? proposa-t-il à Tobold, prostré dans son fauteuil, muet et la tête pendante.

Un sanctuaire tout en marbre, s'exalta Cindy.

Avec un portail de bronze, dit Pierre.

Et des colonnes doriques, dit Cindy.

Avec Julia Barnes en prêtresse, nue et couronnée de lierre, lançai-je, pensant qu'il s'agissait d'une plaisanterie.

Cindy et Pierre me regardèrent sévèrement, puis, emportés par leur enthousiasme, ils se prirent à rêver des slogans qu'ils inscriraient sur les murs du sanctuaire, des images qu'ils y montreraient, des objets qu'ils y exposeraient (la plupart en forme de frite, emblème de la maison) et des clips où l'on verrait Tobold jouant de l'ukulélé, pourquoi de l'ukulélé ?, parce que ça fait dynamique. Et Tobold, pris au jeu, se redressa peu à peu, puis s'alluma, puis s'échauffa, puis s'enflamma, puis proposa, note-le, que figure également le prototype de la machine la plus révolutionnaire du monde qui avait transfiguré le visage du monde et apporté aux habitants du monde un espoir merveilleux, il voulait parler de l'ingénieuse, de la performante, de l'extraordinaire machine à éplucher les patates, mais aussi de la non moins extraordinaire machine à laver les patates, de la machine à trier les patates, et de la machine à trancher les patates, dans quel sens je l'ignore, car sa firme était toujours à la pointe extrême du progrès, toujours en course pour le bonheur des masses, et sourde dans sa foi aux reproches d'utopie formés par quelques pisse-froid. Et Cindy qui ne pouvait contenir sa joie proposa, soyons fous, qu'à l'intérieur du sanctuaire fût également dressé un autel où trônerait un buste de Tobold sculpté par Tom Wall, ainsi que différents contrats commerciaux dont celui signé avec Coca-Cola et, sous verre et dûment encadrée, la lettre de félicitations de Georges W. Bush lui-même remerciant Tobold d'avoir fait resplendir l'économie de la patrie et tonifié par un génie hors du commun l'économie mondiale, d'y penser j'en ai les larmes aux yeux (dit Cindy).

Maintenant, il faut trouver un architecte, ordonna Tobold, qui semblait avoir retrouvé son entrain.

Et pour fêter l'événement, il décida de nous amener dîner dans un bouge du quartier latino où il aimait à se rendre.

Car Tobold, il est temps d'en avertir le lecteur, Tobold avait une prédilection pour ces bars louches qu'en français on appelle des rades, et pour les loubards à gourmette qui, nuitamment, les fréquentent.

Tobold se trouvait heureux en cette peu recommandable compagnie qui, disait-il, le lavait des mensonges et tracas que la journée lui imposait.

Des jeunes gens qu'il rencontrait au *Palacio Real*, il

aimait tout, tel est l'amour, il aimait l'ironie brusque, l'insolence narquoise, les flatteries rusées, le cynisme crâne fait d'un mélange de rouerie et de naïveté, et cette violence qui procède de désirs trop longtemps réprimés, violence que Tobold reconnaissait comme sienne et que les quarante années qui le séparaient de son adolescence n'avaient pas réussi à gommer.

Les voyous, qui admiraient son destin fabuleux et paraient d'insignes prestigieux ses pires crapuleries financières, prononçaient pour lui plaire toutes sortes d'horreurs.

Avec un sens aigu de l'opportunité, ils disaient à Tobold ce qu'il souhaitait entendre : ils crachaient sur les meufs, toutes des salopes, excepté Cindy, qu'ils connaissaient par la presse people, la seule au monde à trouver grâce à leurs yeux, dégueulaient sur le fric qu'ils caressaient en rêve, injuriaient les ministres qui étaient tous des pourris, et racontaient des blagues pleines d'allusions sexuelles qui faisaient s'esclaffer toute l'assemblée. Alors Tobold, pâmé d'aise et riant d'un rire d'adolescent, payait la première tournée, puis engageait une partie de billard dans l'arrière-salle du bar, où se pratiquaient les petites affaires.

Tobold maintenait, je ne sais comment, un équilibre paradoxal entre ses relations nocturnes, avec lesquelles, assidûment, il s'encanaillait, et les diurnes, bien plus ingrates.

Et non seulement, il ne faisait pas un secret des amitiés voyoutes qu'il entretenait, la nuit, mais il les étalait au grand jour. Et il n'était pas rare qu'il se montrât en cette vile compagnie au restaurant du siège.

Cela faisait désordre.

Les cadres supérieurs, d'une réputation inattaquable (leur cercle, que dis-je ?, leur capital relationnel se réduisant à leurs mornes confrères munis de leurs mornes épouses, et leurs licences poétiques à une sortie au cinéma une fois par mois), se disaient ébranlés devant un tel spectacle, very very shocking, et leur ébranlement nuisait au rendement. Pourquoi Tobold se commet-il avec des malfrats chicanos ? Il se croit dans *West Side Story* ou quoi ? Il n'a aucun sens des valeurs sociales ou quoi ? Ça va lui faire une de ces réputations ! Tout ça est très mauvais pour l'image. Très.

Tobold, pour leur clouer le bec, affirmait que, si mauvaises fréquentations il avait, elles se bornaient aux quelques-unes qu'il était forcé de nouer, je dis bien forcé, finance oblige, avec des hommes politiques et des hommes d'affaires bien plus habiles à escroquer que cinq cents pickpockets réunis.

Il disait aussi : Ce ne sont pas les bien-portants qui ont besoin de médecins, mais les malades (laissant dans le vague la nature de leur maladie).

Ou, dans la même mouture néo-évangélique, il balançait la parabole du berger (Son Éminence lui-même) qui sauvait la brebis égarée (la petite frappe mexicaine) tandis que les 99 autres broutaient paisiblement dans les vignes du Seigneur (1/99 : pourcentage désastreux, remarquaient les cadres supérieurs, échec cuisant, plof total, disaient-ils en se battant les flancs).

La respectabilité, au fond, Tobold s'en moquait comme d'une guigne, c'était l'un de ses traits qui me le rendaient aimable.

Quant à l'indignation des cadres, elle ne faisait qu'exciter son désir de les scandaliser.

Il leur disait (aux cadres) : Je préfère mille fois mes voyous et mes putes à Ron Ronald (ça le reprenait) ou aux diplômés de la *London School of Economic*, retranchés dans leur suffisance. Et si les bien-pensants s'en fâchent, qu'ils viennent se plaindre, ils seront reçus !

Il disait: Je préfère mille fois mes voyous et mes putes aux gauchistes exaltés, la peste du pays, des menteurs, des curés embusqués, des vendeurs de chimères, des donneurs de leçons ravagés de rancœur, pas de ça chez moi, dehors, raus, go home, fuera.

Par-dessus le marché, ils ont les cheveux sales, ajoutait Tobold.

J'en connais qui ont le crâne rasé, précisait Pierre.

29

L'œcuménique sanctuaire imaginé par Barjonas fut érigé, deux mois plus tard, dans le parc du campus de la *Hamburger University*, et inauguré en fanfare à l'occasion du discours live que Tobold le roi du hamburger y prononçait une fois l'an, le 15 mai, jour de son anniversaire.

Ce jour-là, étudiants et responsables étaient réunis pour une cérémonie empreinte de la plus affectueuse convivialité (tels étaient les termes consacrés).

Une partouze? interrogeai-je, primesautière (je me toboldisais à grande vitesse).

Une grand-messe, corrigea Tobold, qui me regarda comme si je lui étais devenue, tout à coup, méconnaissable, comme s'il me voyait pour la première fois. L'avais-je heurté?

Le campus, installé à Oak Brook, recevait chaque année des milliers de jeunes gens de tous pays venus recueillir les oracles qui tombaient de la bouche de Tobold le roi des rois du hamburger: chiffre d'affaires, marge brute, marge nette, résultats d'exploitation, résultats nets par parts du groupe, résultats nets par actions, et bien d'autres merveilles qu'ils iraient ensuite prêcher de par le vaste monde afin d'y accomplir, galvanisés et rayonnants, une ample moisson d'âmes.

La visioconférence de Tobold porta, cette année-là, sur les problèmes de sécurité qui venaient malheureusement (dit-il) freiner la croissance, problèmes particulièrement vifs en France en raison de l'agitation causée par un crétin du nom de José Bové dont l'importance, je vous rassure, ne saurait être exagérée.

Une diapo de José Bové fut projetée sur l'écran géant situé derrière la tribune, et toute la salle, en la voyant, fut prise d'un immense fou rire.

Je ne vous le fais pas dire, commenta Tobold.

La diapo montrait un individu pourvu d'une moustache énorme et dont le look imitait celui de Vercingétorix, un héros très surévalué de l'Antiquité française, commenta Tobold sur le ton du plus profond dédain. Et qu'un individu, poursuivit-il, qu'un individu dormant dans la paille, se mouchant dans ses doigts et petit-déjeunant d'un camembert pestilentiel, qu'un individu de la sorte ait choisi son modèle dans la période la plus obscurantiste de l'histoire française, prouve à l'évidence et mieux que tout discours sa mentalité rétrograde et son désir réactionnaire de revenir aux temps immémoriaux où l'ignorance, la sorcellerie et les superstitions triomphaient.

(J'allais omettre de préciser que Tobold avait enfilé pour l'occasion un tee-shirt blanc sur lequel étaient inscrits en noir les mots Number One, ce qui faisait on ne peut plus punchy.)

Mais nos ennemis ne sont pas tous des comiques, hélas, cent fois hélas, déplora Tobold. Certains représentent un danger véritable. Et il est de notre devoir de renforcer la sécurité des personnes et des biens qu'ils menacent, en les combattant avec une vigueur toute militaire. Comment ? Pierre Barjonas vous le dira dans l'exposé qui va suivre, et vous présentera, par la même occasion, la tenue de protection de l'employé du futur avec ordinateur intégré à commande vocale et casque intégral anti-effraction.

Le péril, mes amis, ne vient pas seulement des méchants volontaires, ajouta Tobold. Il vient aussi des méchants qui s'ignorent. Et Tobold d'évoquer, accents tragiques à l'appui, le lourdissime tribut que faisait peser sur les finances de la boîte l'ignoble contre-publicité des lobbies végétariens, lesquels, sous prétexte de défendre la santé des populations contre la présence (fortement dramatisée par des hygiénistes de gauche) de la bactérie Escheria coli 0157 dans la viande traitée industriellement et contre les acrylamides cancérigènes que développait la cuisson des frites à haute température, exigeaient des contrôles sanitaires sévères qui, par leur prix astronomique, portaient un coup fatal aux budgets les plus robustes.

Mais Tobold avait plus d'un tour dans son sac et quelques amis très haut placés. Il s'était, Mesdames Messieurs, rendu en personne devant le Congrès, où il avait déclaré que sa viande et ses frites étaient traitées avec les mêmes soins énamourés qu'une bonne maman dans sa petite cuisine, et que les prétendus manquements à l'hygiène pointés par quelques hypocondriaques ne devaient nullement être imputés à la direction de la boîte mais à la paresse incurable de certains ouvriers natifs du Burkina ou d'autres contrées de la lointaine Afrique.

L'un des atouts de *King Size*, souligna Tobold, était que son ami Will Tobby, lui-même éleveur de bétail et président de l'inspection alimentaire, ne pouvait aller contre ses propres intérêts, cela allait de soi. Et puis, en Amérique, tout finissait par s'arranger, n'est-ce pas ?

Tobold pouvait donc rassurer son monde : tant que lui,

Tobold, serait vivant, les contrôles sanitaires, quant à eux, seraient morts. Il fallait que les écolos se le tinssent pour dit! Il était, sur ce point, formel.

Tobold fut ovationné.

Cindy le rejoignit à la tribune et commença à chanter *Happy Birthday to You*. Alors toute la salle (et moi comme les autres) entonna le refrain.

Ce fut un grand moment.

La tradition voulait qu'entre le discours de Tobold et celui de Pierre Barjonas, on procédât à l'élection du meilleur responsable de service, c'est-à-dire celui qui avait réalisé le plus gros chiffre d'affaires. Et cette année-là, tous les suffrages allèrent à un Noir natif de Chicago (Tobold était à fond pour la discrimination positive), un dénommé Bryan Schwam qui avait véritablement passé la surmultipliée puisqu'il avait réussi à fourguer en une seule journée 536 burgers, meilleur taux de concrétisation, meilleure intégration des canaux d'avant-vente, meilleure stratégie prospective, meilleur critère de bonification, meilleure émulation participative, meilleur parcours communicationnel, en deux mots: meilleur management, bravo! bravo! bravo!

Tobold, plein d'une sollicitude toute patronale, remit à l'heureux élu l'attestation d'une prime de performance de 10 000 dollars et un portrait de lui-même en boss dynamique, sourire cruel, dents Ultrabrite 60 par 80.

Et le primé versa des larmes de joie sous un tonnerre d'applaudissements.

Tobold, ce jour-là, me sembla entièrement sorti de son ébranlement nerveux, qu'il m'avait demandé, du reste, de ne pas mentionner dans l'évangile, car l'essentiel ne résidait pas dans la transcription des événements anecdotiques de sa vie, mais dans le rappel de sa foi intacte en le Libre Marché, de sa croyance totale en son pouvoir total, et dans son adhérence sans faille à l'endroit de ses principes, les seuls qui fussent, les seuls inattaquables et les seuls éternels, me dit-il avec une sorte de lassitude et comme s'il récitait par cœur une leçon cent fois rabâchée. Car du Libre Marché procède tout bien, ajouta-t-il dans un sursaut, toute la planète désormais en a admis l'idée, et ce ne sont pas quelques écervelés altermondialistes qui vont me faire changer d'avis, je connaissais la chanson.

Sur la route du retour, nous fîmes une halte chez la belle-mère de Pierre Barjonas, que nous trouvâmes alitée, regard mystique, sourire résigné, une main exténuée sur sa faible poitrine. Malade, certes, mais classe.

Selon les vingt-six médecins qui s'étaient succédé à son chevet, elle présentait une névrose hystérique carabinée dont les symptômes relevaient véritablement de l'art théâtral, névrose qui lui faisait souffrir mille maux fantastiques, tout son corps possédé, au sens diabolique du terme, par une âme exaltée au-delà de toute mesure.

Or Tobold le roi du hamburger avait une influence proprement magnétique sur les femmes hystériques et leur âme exaltée au-delà de toute mesure. Les hommes tels que lui, je l'avais remarqué, ont toujours un impact irrésistible sur les femmes hystériques et leur âme exaltée au-delà de toute mesure. Car les femmes souffrant de cette maladie cherchent, dit-on, un maître devant lequel tordre leur âme exaltée au-delà de toute mesure jusqu'à ce qu'elle exhale une senteur de roses. Et avec Tobold, elles le trouvaient (le maître). Car Tobold en possédait tous les attributs et ornements, devais-je préciser lesquels ?

Arrêtez votre cinéma! lui enjoignit Tobold avec l'autorité naturelle qui sourdait de sa mâle personne.

Et à ses mots la belle-mère de Pierre, hypnotisée, que dis-je? envoûtée, que dis-je? subjuguée, que dis-je? ensorcelée par le charismatique roi du hamburger, se leva, délivrée et légère, et alla lui préparer avec amour et diligence une margarita, sa boisson préférée.

En récompense, Tobold lui tapa sur les fesses, car Tobold pratiquait souvent, en signe de contentement, l'imposition des mains sur les culs féminins.

Nous eûmes alors le sentiment que Tobold avait retrouvé toutes ses potentialités actives (ainsi que l'aurait formulé Mlle Armand, la psychologue d'obédience jungienne du groupe *King Size*) et qu'il demeurait notre prodigue, notre excellent, notre génial, notre glorieux papa, etc.

Nous arrivâmes à New York, au crépuscule.

À hauteur de la résidence, nous aperçûmes de part et d'autre du portail deux aveugles munis de cannes blanches. On ne sait à quels détails sonores ou olfactifs, ces derniers reconnurent la voiture de Tobold, mais à son approche, ils l'implorèrent par des cris: Pitié Tobold, Tobold aie pitié de nous.

Alors Tobold abaissa la vitre de sa Bentley: Qu'attendez-vous de moi?

Les aveugles le fixèrent de leurs orbites vides: Des dollars, dirent-ils avec un fort accent latino.

Ému par leur franchise, Tobold, qui avait un faible pour les Hispaniques (Cindy, rappelons-le, était née à Fatarella), ouvrit son portefeuille, compta les billets y contenus avec une dextérité consommée (Tobold, rappelons-le, était joueur de poker), donna à chacun mille dollars et leur recommanda instamment de ne rien divulguer de son geste, car bonté découverte perd le nom de bonté et charité bien ordonnée ne cherche pas son avantage.

Mais au moment où il prononçait ces sublimes sentences, le photographe italien Carlo Berberino, qui passait une grande partie de sa vie à stationner devant l'immeuble, déclencha son appareil, clic-clac, et la photo parut quatre jours après dans le magazine *People*.

Et il se produisit ceci, qui eût dû m'alerter si j'avais été un tant soit peu attentive: au lieu de se réjouir, comme il l'aurait fait auparavant, à la vision de la photographie, Tobold entra dans une colère effroyable.

Qu'est-ce que c'est que ça? vociféra-t-il en brandissant le magazine. Qui a laissé faire ça? Cindy, qui t'a dit de me vendre à ces torchons? Qui t'a donné l'autorisation? Je te le demande, qui t'a donné l'autorisation?

Il mit en miettes, rageusement, le magazine. Et, là-dessus, déclara qu'il allait se retirer définitivement de ce cirque, qu'il n'en pouvait plus de ces pitreries, qu'il n'en pouvait plus de cet étalage d'ordures et que, pour l'instant, il exigeait qu'on lui foutât une paix totale. À commencer par toi, me dit-il.

30

Un soir du mois de juin, Tobold découvrit fortuitement, sur les murs des toilettes du personnel, une inscription très injurieuse à son endroit. Et la simple lecture de cette insanité tracée par une main anonyme le précipita dans les eaux noires du désespoir.

Tobold eut, ce jour-là, le sentiment poignant que sa position d'homme le plus riche du monde avait fait de lui l'homme le plus seul du monde, plus seul que les grands fous des asiles, plus seul que les anachorètes du désert, plus seul et plus abandonné que le Christ au jour de sa crucifixion, sans personne qui osât jamais lui dire la vérité en face, car ni Cindy ni Pierre ni moi n'avions jamais eu le courage de lui dire que sa mégalo-manie était maladive et que, si elle faisait sa force, elle signait en même temps sa faiblesse, ni Cindy ni Pierre ni moi n'avions osé lui dire que les petits employés de *King Size* le haïssaient autant que les grands pontes, et il avait fallu qu'il entrât, ce soir du mois de juin, par le plus grand des hasards, dans des toilettes réservées au personnel de service, pour qu'il découvrît avec une détresse insensée ce que probablement il savait depuis longtemps sans se l'avouer: qu'il était le plus seul et le plus détesté des hommes.

Il effaça l'inscription avec un chiffon humide, car il

ne voulait plus jamais lire cette phrase qui venait brusquement réveiller l'aversion qu'il éprouvait envers lui-même et que longtemps il avait réussi à inverser en ce que les psychiatres appellent une inflation du moi.

Après quoi, il se lança dans une enquête secrète afin de découvrir l'auteur de l'attentat; s'entretint, déguisé en coursier, avec les employés du plus bas échelon; et arracha des confidences qui lui brisèrent le cœur car elles lui apprirent sans ménagement qu'il était un voleur, un criminel, un trafiquant d'esclaves, un prédateur avec un portefeuille à la place du cœur, un exploiteur du genre humain dont les abus étaient intolérables et un salopard de patron qui se croyait tout permis, tout, surtout avec les femmes; bref, elles lui apprirent qu'il était le mal en personne, puisqu'on croyait encore que le mal s'incarnait, le mal en personne dans une machine à produire du mal.

Son enquête n'aboutit pas, mais elle vint cruellement l'éclairer sur la haine incommensurable qu'inspirait à tous son insolente fortune.

Il en souffrit atrocement. Comme d'une désillusion sur la force de l'argent qu'il avait crue, jusque-là, absolue. Comme d'un doute sur le pouvoir que l'argent conférait.

Tobold n'avait vécu que pour ce pouvoir.

Douter de ce pouvoir, c'était douter de tout.

Alors, lui qui avait élevé son destin comme on élève une statue, lui qui s'était cru, par sa richesse, hors d'atteinte de la misère commune, lui qui semblait toujours si imbu de ses mérites, il se sentit plus misérable encore qu'à l'âge de huit ans.

Comme un oiseau frappé au plus haut de son vol, il se vit projeté à terre, et son orgueil giflé comme au temps de l'enfance.

De même qu'un chasseur, tant qu'il est à la chasse, marche par tous les temps sans ressentir son épuisement, mais dès qu'il est chez lui et qu'il s'assoit, éprouve sa fatigue, ainsi Tobold ressentit tout à coup une immense lassitude.

Il était las, il me l'avoua d'une voix éteinte en me suppliant de n'en rien relater, il était las des busards qui planaient au-dessus de sa tête en attendant sa ruine, las des flagorneurs, las des menteurs, las des traîtres, las d'éplucher le cours des devises dans le *Financial Times,* las de baiser avec des stars qui s'avéraient rapidement être aussi connes que les autres mais bien plus vaniteuses, las qu'on appelât force de caractère sa faculté persévérante à entuber autrui, las de vivre constamment sur ses gardes comme un criminel en fuite, tout le jour l'œil au guet, et la nuit sans dormir, las de sursauter aux battements de son cœur, las de se méfier constamment des associés qui voulaient sa peau, de déjouer constamment leurs machiavéliques combines et de caresser constamment des projets de vengeance, Les hommes sont inadmissibles, se lamentait-il, les hommes sont inadmissibles et moi le tout premier. Il était las de lui-même, las de Cindy, las de moi, las de tous. Il était las de démentir les rumeurs malveillantes qui le disaient fini et d'acheter les témoignages laudatifs qui le disaient en forme, las de cette maison beaucoup trop vaste et silencieuse, las de cette enfilade de salons déserts, Maman, où est le saucisson pendu à la solive? gémissait Tobold, où est la malle dans laquelle pourrissent les lettres d'amour de pépé? où est le grenier des souvenirs? Tobold était las de ce monde de merde, il me le confia d'une voix exténuée, il voulait vivre loin des Bourses de merde, loin des banques de merde, loin des banquiers de merde et de leurs épouses de merde éprises d'art premier et de ce que, dans leur langue, elles appelaient littérature, il voulait vivre près des vaches de son enfance, crues et vivantes, souligna-t-il avec un sourire triste. Il était las des ambitieux courtisanesques, las des sourires achetés, las des cordialités contraintes, las de mon cher ami passionnément détesté. Il était las et plus que las que tout le monde l'abusât pour lui être agréable, et toi la première, reprocha-t-il à Cindy, c'est pas une vie, las que tout le monde le qualifiât de génie des affaires et de Prophète du Libre Marché quand il n'était que le Grand Éliminateur Mondial, quand il n'était que le Président Général de la Merde, quand il n'était que le plus grand des enculeurs mondiaux, Vous entendez, le Number One des enculeurs mondiaux, disait-il dans une sorte de jouissance morbide, vous ne dites rien ? vous n'osez pas me contredire ? il était las que personne jamais n'osât le contredire, ou le vanner gentiment, ou lui dire simplement Tu es un con.

Il était las de se sentir menacé, de plus en plus menacé, de jour en jour encore plus menacé, mais il ne savait dire par quoi ou par qui depuis qu'il avait déboulonné Ronald. Je suis prisonnier de mon pouvoir, se morfondait-il dans les tourments de l'insomnie en cherchant à tâtons le bouton de l'interrupteur dans l'espoir que la lumière le délivrerait de ses spectres, qu'on me délivre, suppliait-il, qu'on me délivre, ou je fais un malheur, tandis que Cindy, accablée, méditait sur ce qu'avaient de fragile l'amour des grandeurs et tout l'orgueil humain.

Il est faux, se mettait-il à hurler dans les tourments de l'insomnie, il est faux qu'on puisse tout monnayer, les adulations oui, les flatteries oui, les complaisances oui, les femmes oui, gémissait-il, mais pas un sommeil naturel, mais pas la paix de l'âme, bordel de Dieu, mais pas les amitiés, bordel de merde. Je n'ai pas un ami, je n'ai pas un ami, se mettait-il à mugir, et Dow Jones mugissait de concert, d'un mugissement humain, je n'ai pas un ami avec qui parler de la vie et de la mort. Il est faux, reprenait-il dans des sanglots, qu'on puisse monnayer le talent d'écrire, et tout l'or du monde ne saurait suffire à acheter l'art de tourner une phrase. (Avais-je bien entendu?)

Alors il descendait dans son parking, toujours suivi de Dow Jones, fanatique, il descendait dans son parking dans l'espoir qu'en dénombrant une à une ses 365 voitures, ses angoisses lentement s'apaiseraient, mais rien ni personne au monde ne pouvait les apaiser. Il réalisait que sa réussite, il l'avait menée seul, sans les lignages et les legs, sans tous ces soutiens que procure l'appartenance à un milieu, à une famille ou à un clan. Je suis seul, je suis seul, disait-il en comptant ses voitures. Il heurtait violemment un pilier. Il se faisait mal. Il se touchait le front. Il ne saignait pas. Suis-je vivant? Suis-je vivant? Quelqu'un peut-il me dire si je suis vivant? s'écriait Tobold. Il était seul. Il claquait des dents. Il n'avait pas le sentiment d'appartenir, d'en être, de partager, d'être au chaud avec d'autres comme lui, fraternellement. Je suis orphelin, hurlait-il dans le parking désert, et Dow Jones près de lui aboyait à la mort. Il remontait alors dans l'une de ses chambres, la bleue le plus souvent. Cindy, morte d'inquiétude, lui demandait D'où viens-tu? Du parking, disait-il avec des yeux de somnambule. En pyjama? s'exclamait Cindy, tu as dû attraper froid. Si je pouvais crever, répondait-il, lugubre. Il se couchait, inapaisé, frissonnant. Cindy le bordait, l'embrassait, bonne nuit mon bébé, elle partait.

Alors il se demandait: Ai-je bien vécu? Ma vie était-elle une vie? L'ai-je un moment tenue entre mes mains? M'y suis-je bien conduit? Ai-je fait du chagrin à un être? Puis-je répondre de mes actes sans en crever de honte? Il se tournait et se retournait dans son lit, mais très vite l'angoisse le chassait, il regardait, désemparé, autour de lui, le jour commençait à naître qui serait aussi long que la nuit, Non! Non! criait-il à ses visions. Il s'enfuyait de sa chambre, tout tremblant de terreur. Au secours, hurlait-il, en parcourant à la manière des fous les cent quarante-six pièces de sa résidence, Au secours, Au secours, hurlait-il en se cognant aux angles, plus esseulé que jamais, plus triste que jamais, tandis que ses pas résonnaient dans le silence et que des pensées tragiques lui envahissaient l'esprit.

Lui qui s'était cru quelqu'un, il se disait à présent qu'il n'avait inscrit son nom que sur l'eau. Lui qui s'était cru indétrônable, il se disait que sa chance pouvait tourner, les cours s'effondrer et son triomphe se flétrir comme l'herbe des champs. Il se disait que les chacals qui l'entouraient pouvaient, dans la seule intention de lui nuire, ne plus le reconduire à la tête de la présidence car il était rare que les présidents fissent long feu, et il s'imaginait alors finissant ses jours comme ces chefs d'État qui, limogés au sommet de leur gloire, passent le restant de leur vie à remâcher nostalgiquement leurs vieux souvenirs de massacres.

De plus en plus las et de plus en plus soupirant, il avait l'obscur pressentiment qu'il marchait au précipice, que tout cela finirait mal, que les banques allaient crouler, un krach mondial survenir, un tsunami moral d'une violence indescriptible secouer toute la Terre. Alors, disait-il d'un ton funèbre qui nous faisait tressaillir, Cindy et moi, alors les ténèbres s'abattront sur le monde et ses cent mille fast-foods, les grilles de la démence se refermeront sur nous, et une nuit épouvantée nous recouvrira tous, si bien que Dieu lui-même aura peur de nous regarder.

Allons, allons, disait Cindy.

Si seulement je pouvais vivre en stylite dans une forêt inviolée, implorait-il avec un petit rire qu'il voulait cynique mais qui était seulement malheureux. Dormir dans des ronces. Vivre de racines. Ou de sauterelles. Me laver dans un torrent. Glacé. Me sécher au soleil. À poil. Et croître en sagesse jusqu'à la sénescence.

Calme-toi, pour l'amour du ciel, mon chéri, disait Cindy,

Je n'aime pas le ciel, geignait Tobold.

Calmez-vous, Tobold, disais-je en écho, puisque sa faiblesse, à présent, m'autorisait à lui donner des ordres, et même à le rabrouer.

Cindy, désorientée par un chagrin si persistant, finit par appeler Pierre Barjonas dont elle espérait un soutien.

Mais quand celui-ci entendit les lamentations de Tobold, il jeta, tour à tour, un regard consterné sur Cindy et sur moi, comme pour nous demander l'explication d'un phénomène aussi choquant. Puis, devant notre silence, il adressa à Tobold un regard plein de reproches et, sur un ton exaspéré et accusateur, s'écria: Tobold! enfin!

Nous comprîmes alors qu'aucune aide ne pourrait nous venir de celui qui se disait son ami de toujours.

Si seulement je pouvais m'asseoir sur un banc de bois et regarder les arbres, disait Tobold que sa folie avait coupé de la réalité commune. Comment ai-je pu me priver d'un plaisir aussi simple? gémissait-il, tandis que Dow Jones, à ses pieds, gémissait de concert. Je ne sais plus marcher dans une rue sur mes deux jambes, je

199

ne sais plus le bonheur de longer des chemins en respirant l'odeur des châtaigniers, je ne sais plus de quel pays je suis, je ne sais plus quelle langue je parle, je ne sais plus quel est le prix du pain, je ne sais plus ce que c'est qu'avoir faim, je ne sais plus ce que c'est qu'avoir froid, suis-je encore de ce monde? se demandait-il et il tâtait ses chairs pour le savoir. Je ne rencontre plus de vieux assis devant leur porte, ni de chats qui méditent sur leurs genoux, ni d'enfants qui jouent sous leurs yeux à des jeux solennels avec des cailloux et du bois, toutes ces petites joies qui repoussent la mort, je crois que je suis en train de devenir dingue, maman.

Secouez-vous, disais-je (le voyant faible, je m'enhardissais).

Si seulement, disait-il, le visage ravagé par l'insomnie et les yeux inondés de larmes, si seulement je pouvais vivre dans un deux pièces, à Sarcelles, avec vue donnant sur l'autoroute, près d'une usine de jambon, puante si possible, et des voisins pieds-noirs qui écoutent tout le jour des chansons d'Enrico.

C'est ça, répliquais-je, ou dans une roulotte gitane tant que vous y êtes! ou dans une favela de Rio! car il finissait, à la longue, par m'agacer.

Dans un foyer pour SDF, jetait Cindy, à ma stupéfaction. À Nanterre.

Ma vie est inane, ma vie est inane, sanglotait-il,

Ce n'est pas sérieux, l'admonestais-je non sans un plaisir secret car son autocommisération du moment m'était tout aussi insupportable que son autosatisfaction d'autrefois. Il y en a qui sont plus à plaindre que vous, voyons! J'étais à deux doigts de le rembarrer.

Si tu changeais de disque, mon chéri, s'impatientait Cindy, toute miséricordieuse qu'elle fût.

Il est d'un pénible, soupirais-je, perdant toute patience.

Je voudrais être mort, se lamentait Tobold.

Chochotte, disais-je, poursuivant mon avantage.

Et comme Tobold continuait de sangloter, de prophétiser sa ruine prochaine et l'épouvantement des fins, et comme Cindy et moi craignions qu'il ne virât franchement dingue, nous finîmes par appeler un psychiatre qu'on disait psychiatrissime.

Celui-ci, costard gris, parler lent et coiffure à la raie, diagnostiqua, un brin pontifiant, une folie du remords, secondaire, supputa-t-il, à ce qu'on appelait vulgairement la folie des grandeurs.

Une explication scientifique s'ensuivit: la maladie survenait chez des sujets qui, après s'être gavés de flatteries à profusion, de seaux de champagne Mumm, de blondes par wagons, de félicitations nationales, de carrés VIP, et de toutes ces faveurs inatteignables aux simples mortels, après s'en être gavés jusqu'à perdre complètement le sens des choses et de leurs justes proportions, tombaient brutalement, et souvent à l'occasion d'un banal camouflet (un mot de travers, un petit trébuchement), tombaient d'une présomption démesurée à un horrible abattement de cœur.

Tobold n'en était-il pas le parfait exemple? Porté dès sa jeunesse par le dur désir de dominer les hommes, ayant toute sa vie voué une passion violente aux puissances mauvaises, comme lui périssables (le psychiatre avait-il lu Pascal et ses méditations sur l'argent?), sa passion, qui avait été sa volupté, puis son leurre, puis sa prison et son tourment, se retournait à présent en démence et laissait voir sa face vide. Son propre cœur, mesdames, l'a brûlé, dit le psychiatre qui était aussi, pour incroyable que cela pût paraître, poète.

Je vais mourir et ça m'arrange, brama Tobold.

Blablabla, lui fis-je, méchante.

Tobold, qui s'était plu toute sa vie à répéter qu'il n'y avait rien de vrai que l'argent et les pouvoirs qu'il conférait (tout le reste étant déception et littérature), Tobold, à présent, s'ouvrait brutalement à l'idée du néant. Il voyait le trou noir. Le gouffre. La fin égalisatrice. Le trépas et ses cendres.

L'angoisse de la mort lui était entrée dans l'âme. Avec son cortège de terreurs.

À quoi bon tout ce fric si je dois partir nu sous la terre ? se lamentait-t-il. À quoi bon, à quoi bon, si le fric et les hommes retournent en poussière ?

Il était temps qu'il s'en aperçût, je ne le lui envoyais pas dire. Il était temps qu'il remît chaque chose à sa place, et la littérature au sommet, puisque immortelle, puisque indomesticable, cabrée, piaffante, puisque éternellement jeune, je sentais mon amour pour elle revenir à bride abattue.

Le psychiatre conseilla doctement de décontextualiser le patient en l'envoyant dans un endroit aussi éloigné que possible du cœur mondial des affaires, repos strict, suppression des journaux économiques, évitement de tout contact avec des agents pathogènes (traders, banquiers, financiers, etc.), et causeries littéraires matin et soir pendant dix jours.

Cindy prit aussitôt le taureau par les cornes et réserva un hôtel au Costa Rica, sur un nid d'aigle qui dominait la mer. Ils s'en iraient le lendemain, toutes affaires cessantes.

À sa demande, je les suivis.

Nous partîmes de New York par un matin maussade. Nous posâmes nos valises à l'hôtel *Mirana* le 12 juin 2006.

Ce fut là, loin du fracas new-yorkais, que Tobold, en dix jours, ressuscita d'entre les morts.

Il décida d'être bon.

Allait-il renoncer pour autant aux fastes du pouvoir et vivre désormais comme un pauvre type?

31

Durant ce bref séjour au Costa Rica, Cindy insuffla à Tobold l'idée, tenace chez elle, de créer la plus grande des fondations de bienfaisance du monde. Et de même qu'une chanson sentimentale fait monter des larmes dans les yeux des brutes, ce projet philanthropique, longtemps rejeté par Tobold, attendrit alors son cœur tourmenté.

Parce qu'il était faible, il se laissa fléchir.

Et le projet fit en lui son chemin.

Le 26 juin 2006, il annonça par voie de presse qu'il se retirait des affaires et allait désormais se consacrer à la fondation caritative *Tobold & Co* (le Co n'étant là que pour l'ornement), se porter au secours de l'humanité souffrante, vêtir ceux qui étaient nus, nourrir ceux qui avaient faim et insuffler l'espoir aux désespérés.

Après les grandes affaires, les grands sentiments. Tels sont les progrès que font les cœurs qui s'ouvrent.

Tobold allait montrer à tous qu'il n'était pas obnubilé par l'indice Nikkei et les taux d'intérêt comme certains voulaient le faire accroire, et qu'être implacable en affaires ne signifiait pas être sans cœur, merde.

Avec sa fondation caritative *Tobold & Co*, qui était la plus riche du monde (30 milliards de dollars), il allait enfin dépasser ses contradictions intimes. Il serait puissant et bon. Parfaitement. Qui osait dire que c'était impossible?

Lui, le fort, allait désormais prendre en charge la faiblesse des 842 millions d'affamés que comptait la planète et les sauver de la misère.

Il serait le don et l'accueil de ce don. Et la part qui, en retour, serait versée en son cœur, serait large, serrée, tassée et débordante (dit-il).

La nouvelle fit l'effet d'une bombe et fut largement commentée dans les médias.

On put lire que Tobold le roi du hamburger, après avoir été le champion hors catégorie du Libre Marché, jouait à présent les assistantes sociales en guise d'expiation; qu'il distribuait, à des fins bassement démagogiques, les miettes d'une fortune indûment obtenue; et que son infecte pitié n'avait pour but que d'amener la paix dans son cœur corrompu.

Dans une feuille littéraire, un érudit fort malintentionné avança que les Anciens appelaient la charité cache-nez, parce qu'elle camouflait grand nombre de péchés et qu'elle s'avérait pire, dans ses effets, qu'une agression franchement déclarée.

À quoi Tobold répondit, sans se troubler, qu'un pécheur charitable était préférable, de loin, à un qui ne l'était pas (charitable).

Et comme il ne craignait pas de choquer (puisqu'il était encore riche, ne l'oublions pas, et que conséquemment il en avait le droit), il répondit à une question de Jack Eglinton, le journaliste de *The Economist*, que les crapules charitables, c'est-à-dire capables de réparer dans le détail le tort qu'elles avaient fait en gros, les crapules charitables étaient l'espoir de demain, ni plus ni moins, d'autant qu'elles bannissaient, grâce à leurs œuvres, le désir vain et dangereux de la révolte.

L'argument porta.

Quant à moi, je ne savais comment aborder cette nouvelle phase de mon existence.

Le désespoir mortel qui avait déferlé sur Tobold avait eu pour effet paradoxal de rompre l'hébétude de mon esprit. Étais-je ainsi faite qu'il me fallait la détresse d'autrui pour que je me rendisse à la raison? J'eus, en tout cas, le sentiment que mon âme, ou ce qu'il en restait, faisait un bond hors de ses murs.

Et comme Tobold, trop accablé par ses tourments, n'évoquait plus du tout son projet d'évangile, je conçus face à la mer, métaphysique et calme, infiniment ouverte, ce détail est d'importance, les grandes décisions me viennent souvent face à la mer, mes capacités à sentir et penser s'éploient et s'élargissent face à la mer, je conçus face à la mer l'idée d'écrire une fiction à partir de l'expérience que j'achevais de vivre.

Cette nuit-là, je restai assise à ma table pendant de longues heures, et la première phrase de ce roman se leva.

Et tandis que Tobold et Cindy s'exaltaient pour leur projet philanthropique qui était le plus grand du monde et organisaient mondialement sa propagande, je bâtis lentement mon projet littéraire.

Ce projet me redonna vie.

Je retrouvai l'aplomb et la distance.

La force.

Et mon amour-propre, en quelque sorte, se redressa.

À partir des notes prises pour l'évangile, je me mis sans tarder au travail et construisis ce livre auquel j'ajoute aujourd'hui (16 mars 2007) ces quelques lignes.

Pendant plus de deux ans, l'idée de ce roman ne m'abandonna pas.

Je m'y fis plus lâche que je ne suis, le dos plus souple, l'âme plus veule, animée d'un zèle peureux devant ce qui eût dû me dresser de colère, prenant toutes sortes de précautions fantastiques pour ménager le maître et cherchant à lui plaire de cent mille façons.

Je fis Tobold plus brutal, plus sommaire et beaucoup plus grossier qu'il n'était (des manières de rustre et, à la bouche, une cascade de mots vulgaires mêlés à des sentences pseudo-bibliques). Je lui prêtai une existence imaginaire commencée dans une cité grise de la banlieue toulousaine pour se finir dans le fracas de Manhattan. Mais qu'on ne déduise pas de cette phrase que Tobold fût un personnage inventé de toutes pièces. On se méprendrait. Tobold le roi du hamburger avait croisé ma route le 20 septembre 2005. Et je vécus plus de dix mois dans son intimité.

Près de lui, j'appris un monde, j'appris les grands jeux, les grandes marques, les grandes tromperies, les grandes manigances, les grands désastres menés avec l'assentiment de tous. J'appris les commerces juteux, les «négos» ne visant que la guerre, les marchés qui se mangent eux-mêmes, les décisions prises à la légère et dont les effets s'avéraient aberrants, mais j'appris aussi l'espoir, l'espoir entêté, l'espoir opiniâtre, l'espoir increvable qui se profilait constamment au travers de ces aberrations mêmes.

Près de lui, j'appris quelque chose de mes propres mensonges. Je veux dire par là que sa rencontre m'amena à renoncer, non sans récris, non sans dénégations, non sans mauvaise foi et demi-vérités, à une idée que je me faisais de moi et que je voulais que l'on se fît de moi, pour énoncer la chose brièvement.

J'appris enfin, en bout de parcours, le goût fervent du monde que je croyais avoir perdu et, à force égale en moi, le goût de brocarder ce qui me semblait l'enlaidir, compliqué d'un savoir sur la dissimulation et ses ruses que j'avais acquis dans la fréquentation des hommes de pouvoir.

Lors de ce séjour à l'hôtel *Mirana*, Tobold, parce qu'il se trouvait hors du train de sa vie, trouva du bonheur dans les choses les plus simples, manger, marcher, nager, regarder la mer, et s'ennuyer, comme tout le monde.

J'avais le sentiment qu'il était devenu un autre homme, aussi clément et débonnaire que le Tobold d'avant était autoritaire et dur.

Je profitais qu'il fût dans cet état (qui ne durerait pas, me disais-je) pour l'intéresser à d'autres lectures que *The Economist* ou *Challenge*, ainsi que le psychiatre l'avait prescrit. Je lui lus des passages de *Bartleby*. Mais j'abandonnai vite, car ma lecture lui apparut comme un affreux pensum scolaire, Oh là là, c'est d'un chiant.

Cindy obtint plus de succès en lui lisant des extraits de je ne sais quel livre de Paolo Coelho. Tu vois, me déclara-t-il, j'aurais aimé que notre livre (pour la première fois, il disait notre) ressemble à ça.

Et un matin où nous nous prélassions sur la plage, je lui posai (car j'étais enfin capable de penser et parler clairement), je lui posai la question que je brûlais de lui soumettre depuis le premier jour : pourquoi diable avait-il voulu un livre, lui qui n'en avait nul besoin pour asseoir sa puissance ?

Il ne me répondit pas. Ma question avait touché juste. Il se contenta de me regarder longuement, pensivement. Et jamais plus nous ne reparlâmes de l'évangile.

Quelques jours après, je décidai de rentrer à Paris pour achever l'écriture du roman commencé au Costa Rica dans les conditions que je viens de décrire.

J'arrivai le 25 juillet.

J'y retrouvai quelques amis et ma nièce Marianne, dont l'intelligence, l'esprit et la jeunesse faisaient ma consolation.

Je constatai qu'en l'espace de dix mois les engouements et désengouements parisiens s'étaient faits et défaits autour de nouveaux astres.

Mon projet de roman, quant à lui, demeurait.

C'est dans la presse et par le biais des textos que Cindy m'envoya des quatre coins du monde (Tobold refleurissait, m'écrivait-elle en résumé) que je suivis les épisodes des nouvelles aventures de Tobold le roi du charity business.

Voici ce que j'en fis.

32

Tobold, tout remonté par son projet sublime, vola au secours des populations affamées qui n'avaient pas encore résolu la question du pain et de la patate. Et il leur dit : Demandez et vous recevrez. Tout ce qui est mien est vôtre. Ou presque. Et les populations affamées qui chiaient en pleine rue et s'enveloppaient pour se vêtir de vieilles paperasses, se ruèrent, haletantes, devant la manne inespérée. Et elles partagèrent le pain et la patate avec joie et simplicité (quelques disputes entre faméliques furent cependant à signaler). Puis, abruties de charité, elles louèrent avec une orgastique ferveur Tobold le bienfaiteur, Tobold le protecteur, Tobold le rédempteur, répandirent leurs louanges en psalmodiant le nom béni et se recommandèrent à sa divine clémence pour tout leur avenir.

Mais Tobold ne s'estimait pas tout à fait satisfait. Il voulait faire la nique à Brad Pitt et Angelina Jolie, les deux histrions les plus célèbres de la Terre sur le marché caritatif, les deux hypernarcissiques qu'on voyait en long et en large sur la première page de tous les magazines. Et pour les disqualifier, Tobold déclara aux populations démunies : Je vous exhorte à vous garder des faiseurs de spectacles. Détournez-vous de leurs semblants. Par leurs belles gueules et leurs discours, ils dupent les cœurs simples. Et les populations démunies acclamèrent ses paroles et confirmèrent leur foi irréfragable en Tobold leur bienfaiteur. Et Tobold eut l'impression d'avoir gagné une nouvelle bataille.

Mais Tobold ne s'estimait toujours pas satisfait. Il eut alors l'idée d'acheter, carrément, les pays que la pauvreté rendait exsangues et entra en négociation avec leurs gouvernements respectifs. Comment n'y avait-il pas songé plus tôt ? dit-il en se tapant le front.

Il continua son périple.

On le vit dans les faubourgs sordides de Johannesbourg, dans un campement de misère au sud de Lusaka, dans un bidonville de Rio, photographié au milieu d'une horde d'enfants, assis au chevet d'un mourant, ou tenant dans ses bras un nourrisson basané avec, en arrière-plan, le peuple convergent des misérables.

Tout ce qu'il voyait le pénétra profondément.

Il changea.

À Bandung, il mangea du riz avec les doigts, à la bonne franquette, ambiance exotique de tous les diables.

À Mossaka, il fit caca derrière un arbre, à la guerre comme à la guerre.

À Dongou, il dormit dans une hutte, à même le sol, et retrouva miraculeusement le sommeil.

Il respira des odeurs effroyables.

Il entra dans un taudis de São Paulo. Il se sentait tellement bien avec les humbles ! tellement à l'aise !

Et toutes les inquiétudes qui l'avaient assailli le mois passé se trouvèrent levées comme par enchantement. Et toutes les questions qui lui avaient semblé effroyablement insolubles lui apparurent dénuées d'importance, miracles de la charité !

Que je suis bon ! se disait-il en lui-même.

C'est qu'il s'humanisait, c'est qu'il se découvrait une

âme, une grosse âme, et qu'il en profitait, le bougre. Une âme sereine, qui plus est.

L'hebdomadaire économique *Business Week* le classa donateur le plus généreux de la planète. Ce qui finit de le ravigoter.

Il avait à présent retrouvé son ardeur et se sentait le cœur vaillant et plein de mansuétude.

Dans son enthousiasme, il s'empressa d'informer Pierre Barjonas de son désir de prendre du recul devant les affres affairistes, et de répandre de ses mains généreuses le bien autour de lui. Arrivé au soir de sa vie, il voulait, l'âme en paix, mener une vie intérieure, un chien à ses pieds (qu'il rebaptiserait *Fausto*), un bâton pour les promenades, un ciel bleu par-dessus et attendre, posément, la tuerie générale.

Une vie intérieure! s'écria Pierre Barjonas.

Il paniqua.

Tobold avait-il perdu la foi en la nouvelle économie? S'était-il abandonné au découragement devant ses trop rampants progrès?

Que nenni!

Tobold, en effet, dès qu'il eut repris du poil de la bête (et cette expression lui convenait parfaitement), Tobold, qui continuait de s'enthousiasmer pour le charity business, se montra quelque peu vacillant à l'égard du projet de jeter bas toutes les charges ayant trait aux affaires.

Il pesa le pour et le contre.

Et il ne fallut pas dix jours pour que le contre prévalût.

Le 18 juillet, il fit donc avertir la presse qu'il ne tournait pas le dos à ses responsabilités et ferait front courageusement, car il n'était pas homme à se défiler (pas si con), mais que, après mûre réflexion (et comptages et recomptages financiers fort minutieux), il réorganisait simplement ses priorités, la priorité des priorités restant sa fondation caritative *Tobold & Co* (dont le budget était déductible des impôts), ce qui ne l'empêchait pas de conserver la présidence du CA et son rôle de conseiller dans l'entreprise (avec rétribution proportionnée de 4 millions de dollars par an, une broutille).

Le 26 août, il organisa à Little Rock une conférence sur la philanthropie innovante, à laquelle participèrent son ami Bill (Gates), son ami Bill (Clinton) et le très fringant Ted Turner, lequel conseilla aux participants de donner le plus d'argent possible aux populations démunies, seul moyen d'éviter qu'elles ne s'énervassent, qu'elles ne s'enflammassent et qu'elles ne dévastassent la Terre entière, mais en ayant soin de garder toujours quelques milliards de dollars par-devers soi, on ne sait jamais, une révolution est vite arrivée, par ces temps de désordre.

Et lorsque Cindy fit part à Tobold de ses inquiétudes devant une éventuelle diminution de leur fortune et des terribles restrictions qui risquaient d'en résulter, T'inquiète, ma poule, lui dit-il, pas plus tard qu'hier j'ai vendu 10 millions de dollars les droits de diffusion de cette photo à *Holà*, un magazine espagnol.

La photographie fit en France la une de *Gala*, qui en avait racheté les droits.

On y voyait Tobold le roi du hamburger poser un baiser sur le front d'un enfant somalien, plein de morve et de mouches, les jambes grêles, le ventre boursouflé, et d'immenses yeux noirs qui reflétaient toute la nuit du monde.

La Déclaration
Julliard, 1990
Verticales, 1997
et « Points », n° P598

La Vie commune
Julliard, 1991
Verticales, 1999
et « Folio », n° 4547

La Médaille
Seuil, 1993
et « Points », n° P1148

La Puissance des mouches
Seuil, 1995
et « Points », n° P316

La Compagnie des spectres
prix Novembre
Seuil, 1997
et « Points », n° P561

Quelques conseils utiles aux élèves huissiers
Verticales, 1997

La Conférence de Cintegabelle
Seuil/Verticales, 1999
et « Points », n° P726

Les Belles Âmes
Seuil, 2000
et « Points », n° P900

Le Vif du vivant
(dessins de Pablo Picasso)
Cercle d'art, 2001

Et que les vers mangent le bœuf mort
Verticales, 2002

Contre
Verticales, 2002

Passage à l'ennemie
Seuil, 2003
et « Points », n° P1252

La Méthode Mila
Seuil, 2005
et « Points », n° P1513

Dis pas ça
Verticales, 2006

Petit traité d'éducation lubrique
Cadex, 2008 et 2010

BW
Seuil, 2009
et « Points », n° P2886

Hymne
Seuil, 2011
et « Points », n° P2885

7 femmes
Emily Brontë, Marina Tsvetaeva, Virginia Woolf, Colette,
Sylvia Plath, Ingeborg Bachmann, Djuna Barnes
Perrin, 2013
et « Points », n° P3342

Pas pleurer
prix Goncourt
Seuil, 2014

COMPOSITION : PAO ÉDITIONS DU SEUIL

Cet ouvrage a été imprimé en France par
CPI Bussière
à Saint-Amand-Montrond (Cher)
en novembre 2014.
N° d'édition : 98839-2. - N° d'impression : 2013051.
Dépôt légal : mars 2009.